Saenai
heroine no
sodate-kata. 3
Presented by Fumiaki Maruto
Illustration : Kurehito Misaki

마루토 후미아키
=지음

미사키 쿠레히토
=일러스트

시원찮은
그녀를 위한
<small>히로인</small>
육성방법

정말 말고 걸기 나.

오 는 쪽이 를 할까?

……………

이 우주선 안에 있는 사람은…… 나와 저기까지 더 정확히 제데 100미터 정도가 한계 줄 수 있어

정말 상관 없다니까……

미안하지만 나는 「우주」 2차원 캡처를 개발 터가 우리고 라니.

라고 말했니까?
세 비스니… 이 정확하게 우주도 우젓ᄋ 우 - 왜 "

…… 우뜨 우 저으면 우

저기 왜 저세를 바꾼 거유?

카스미가오카
우타하
Utaha
Kasumigaoka

사와무라
스펜서
에리리
Eriri Spencer
Sawamura

카토
메구미
Megumi
Kato

하시마
이즈미
Izumi
Hashima

육성방법
그녀를 위한
시원찮은

히로인

③

마루토 후미아키 지음

미사키 쿠레히토 일러스트

이승원 옮김

목차

프롤로그

방과 후. 시청각실에 쏟아지는 밝은 저녁노을이 건물 밖의 뜨거운 열기를 옮겨다 주는 7월 중순······.

"이의 있소!"

······이 더운 날씨에도 뜨거운 목소리로 그렇게 말하면서 『모 법정 게임에 나오는 변호사의 팔 각도』를 완전 재현한 한 소녀가 교실 반대편을 손가락으로 가리켰다.

"카스미가오카 우타하······가 아니라 변호인이 하는 말은 희망적 관측에 지나지 않아."

노을빛을 반사하며 빛나는 금발이 성심껏 짠 비단처럼 부드럽게 흔들리는 모습은 내가 '왜 하필 이딴 녀석이 이런 머리카락을 가진 거야······.' 같은 생각을 할 만큼 아름다웠다.

"그래? 나는 _{사와무라 양}검사 측의 주장이 억지처럼 들리는데?"

이 금발 소녀의 손가락이 향하고 있는 창가에 서서 조용히 팔짱을 끼고 있던 여성은 눈을 천천히 뜨더니 교실 한가운데를 향해 구두 소리가 나게 걸음을 옮겼다.

……학교 안에서는 실내화를 착용하게 되어 있는데 왜 구두 소리가 들리는 건가, 같은 사소한 점은 신경 쓰지 말아 줬으면 한다.

"베이스가 되는 인물의 캐릭터가 약하다는 공통 인식이 존재하는 상황에서, 그것을 보강하기 위한 대책을 세우는 것에 무슨 문제가 있다는 거야?"

저녁노을을 흡수하는 듯한 그녀의 칠흑빛 흑발이 살며시 찰랑거리는 모습은 내가 '저 머리카락 때문에 나는 저 사람한테 약한 걸까?' 같은 생각을 할 만큼 아름다웠다.

"캐릭터성이라는 건 그렇게 쉽게 뜯어고칠 수 있는 게 아니란 말이야!"

금발 소녀 또한 흑발 여성에게 지지 않으려는 것처럼 교실 한가운데를 향해 걸음을 옮겼다.

"그렇기 때문에 시행착오를 반복해야 하는 것 아닐까?"

두 사람은 가까운 거리에서 서로를 노려보며 말했다. 그런 두 사람 사이에서 불꽃이 튀고 있는 듯한 착각이 들었다.

"그럴 필요 없어! 그리고 지금까지의 단발머리, 즉 쇼트 보브 헤어스타일도 나쁘지는 않았단 말이야!"

그리고 결국, 평소와 마찬가지로 금발 소녀가 먼저 폭발하고 말았다.

"그래서 그런 방향으로 캐릭터 디자인을 굳혀가고 있었는

데…… 왜 이제 와서 헤어스타일을 바꾼 거야?! 카토 양!"

그리고 폭발한 김에 겸사겸사 분노를 퍼붓는 방향을 90도 정도 변경했다.

그 모습을 재판장석……인 교탁 앞에 서서 아무 말 없이 지켜보던 나는 재판장석 앞에 멍하니 서서 규탄당하고 있는 세 번째 소녀에게 엄숙한 목소리로 말했다.

"피고인, 뭔가 할 말은 있습니까?"

"으, 으음…… 나한테도 발언권이 있었구나. 방과 후에 느닷없이 증언대라고 적힌 책상 앞에 세운 후 멋대로 재판 놀이를 시작하길래 그런 건 없는 줄 알았어……."

평소처럼 노을빛을 적당히 반사하고, 적당히 흡수하면서, 형용하기 힘든 감정을 느끼게 하는 쇼트 보브 헤어스타일……은 이제 존재하지 않았다.

"재판장. 이 애, 자신이 무슨 짓을 했는지 까맣게 모르는 것 같은데?"

"난처하군요……. 이래서는 재판을 진행할 수 없습니다. 피고인은 자신의 죄를 인지해주십시오."

"그것보다 아키 군. 오늘은 나보다 더 캐릭터성이 약한 것 같네?"

"피고인! 허황된 발언을 자제해주십시오!"

그 순간, 나는 기술실에서 가지고 온 나무망치로 책상을 두들겼다.

제비뽑기로 가장 눈에 띄지 않는 재판장을 맡게 됐지만, 그렇다고 의욕이 없는 건 아니라고.

자아, 방금 전에도 소개했듯, 이곳은 방과 후의 시청각실이다.

시청각실 안에 줄지어 놓여 있던 책상을 전부 뒤로 밀어 버린 덕분에 생긴 넓은 공간을 가상 법정으로 삼아 우리가 재판을 하고 있는 데에는 다 이유가 있었다.

……우리가 『카토 메구미 헤어스타일 변경 사건』이라고 부르는 끔찍한 사태가 발생했기 때문이다.

그럼, 이 사건의 개요를 재현 필름을 통해 설명하겠습니다.

『아, 좋은 아침이야. 아키 군.』

『안녕, 카토오오오오오오오오오오오오오오오오~?!』

월요일 아침. 느닷없이 쇼트 보브에서 쇼트 포니테일로 변신한 채 나타난, 주체성과 개성이 없는 내 클래스메이트.

평범한 메구땅이라는 별명을 지닌 피고인·카토 메구미.

내 게임 제작 서클의 멤버이자 우리가 만드는 미소녀 게임의 메인 히로인을 담당하는 여자애다.

참고로 『메인 히로인 담당』이 무엇을 하는지에 대해서는 아직 명확한 결론을 내리지 못했다…….

그리고 교실의 복도 쪽에서 금발을 흔들어대며 새된 목소리를 내고 있는 이는, 여유와 인내심이 눈곱만큼도 없는 내 소꿉친구.

도깨비 에리링(머리에 뿔이 두 개 달리기도 했고)이라는 별명을 지닌 사와무라 스펜서 에리리 검사(檢事).

내 게임 제작 서클의 멤버이자, 캐릭터 디자인과 원화(原畵)와 배경과 CG와 그 외 그래픽 관련 작업을 전부 담당하는 여자애다.

참고로 캐릭터 디자인과 원화 이외의 담당 파트를 알려줬다간 또 옥신각신할 게 뻔했기 때문에 아직 본인에게 알려주지 않았다.

마지막으로, 창가에서 칠흑빛 머리카락을 흔들며 음험한 속내를 드러내던 이는 사교성과 인정머리가 눈곱만큼도 없는 내 선배.

부처님 우타 씨(참고로 부처 같은 표정을 짓는 건 상대를 지옥에 떨어뜨린 후)라는 별명을 지닌 카스미가오카 우타하 변호사.

내 게임 제작 서클의 멤버이자, 시나리오를 담당하는 여성이다.

참고로 말하자면, 다른 파트를 부탁하고 싶기는 하지만, 그 대신 무시무시한 대가를 치러야 할 게 뻔하기 때문에 아직 부탁하지 못했다.

이 세 사람과 나는 올해 봄에 서클(아직 명칭 미정)을 결성한 후, 내가 생각하는 최강의 미소녀 게임을 제작하기 위해 활동을 시작했다.

그리고 이달 초에 드디어 스토리 플롯이 완성되자, 즉시 시나리오 작성과 캐릭터 디자인을 진행하려 했다. 하지만 바로 그때, 이 『메인 히로인의 헤어스타일 변경』, 즉, 『디자인 변경』이라는 사태가 발생한 것이다.

카토를 모델 삼아 디자인 작업을 진행 중이던 에리리는 분노를 터뜨렸고, 화가 난 에리리를 우타하 선배가 옆에서 마구 자극했다. 결국 두 사람 사이에 끼인 나는 사태를 해결하기 위해 이 자리를 준비했다.

……물론 거기에 오타쿠적 역할 연기에 대한 흥미와 욕구가 없었다고 한다면 거짓말이리라.

그리고 오타쿠라면 다들 한번쯤은 해봤을 것 같은데? 역ㅇ재ㅇ 놀이 말이야.

"그럼 피고인에게 다시 묻겠습니다. ……왜 헤어스타일을 바꾼 거야?"

"뭐? 아, 그게, 으음…… 그냥?"

"그냥~?! 카토 양, 당신, 그딴 이유로 내 작업량을 곱절로 늘리려고 한 거야?!"

"아, 그건, 저기, 미안······."

분기탱천한 검사의 위세에 압도당한 피고인이 자신의 죄를 인정하려 한 순간······.

"도움이 되려고 그런 거지?"

"예? 그게 무슨······."

절묘한 타이밍에 변호사가 도움의 손길이라는 이름의 불씨를 던졌다.

"캐릭터 디자인은 특징적인 부분이 있으면 하기 쉬울 것이다······. 즉, 사와무라 양에게 도움이 될 것이다. 그렇게 생각한 당신은 일부러 헤어스타일을 포니테일로 바꾼 거야. 맞지?"

"으음, 딱히 그런 생각은······."

"···········맞지?"

"아, 으음······ 그럴지도 몰라요."

"이의 있소! 방금 그건 유도 신문이야!"

카토가 부처님······ 아니, 함정의 달인 우타 씨의 농간에 넘어가려 한 순간, 도깨비 에리링이 또 모 법정 게임 변호사처럼 팔을 힘차게 들어 올렸다.

그건 그렇고, 카토는 완전 팔랑귀네······. 이 녀석, 혹시 누명을 뒤집어써도 "네가 죄를 인정하면 깔끔하게 해결돼." 같은 소리를 들으면 "그럼 제가 죄를 지은 걸로 해요." 라고 말하는 거 아냐?

"거기! 쓸데없는 소리 하지 마, 카스미가오카 우타하!"

"나는 그저 그녀의 변호인으로서 해야 할 말을 했을 뿐이야."

"흥, 그저 재미 삼아 부추기고 있을 뿐이잖아?"

"아니, 그렇지 않아. 나는 카토 양을 반드시 구해주고 싶어. 그래. 그 어떤 수를 써서라도 말이야……."

그렇게 말하면서 자신만만한 미소를 지은 우타하 선배는 교실 한가운데를 향해 한두 걸음 내딛더니 낭랑한 목소리로 피고인의 무죄를 주장했다.

"재판장님! 피고인은 "캐릭터성이 약하다", "존재감이 없다.", "아, 있었구나." 같은 중상모략을 거듭 들은 탓에 정신적으로 궁지에 몰려 있었습니다. 그러니 범행 당시에는 심신 미약 상태였던 것으로 추정되는바, 무죄를 주장……."

"으음~. 나, 그런 말까지 들을 짓을 하진 않았는데……."

……역시 선배는 에리리의 말대로 그냥 재미 삼아 부추기고 있는 것 같네.

그것도 적, 아군 가리지 않으면서 말이야.

"하지만 검사님? 헤어스타일이 도중에 변하는 히로인은 시나리오와 여러모로 연동시킬 수 있을 테니, 히로인의 캐릭터성을 높이는 데 도움이 될 것 같은데?"

"그건 카미기시 아오리가 십여 년 전에 걸었던 길이야! 유저들이 똑같은 덫에 또 걸려들 것 같아?"

아…… 그리고 보니 옛날에 저 검사와 함께 『TO HeaOt』를 했었지. 멀○ 시나리오를 플레이할 때는 서로의 얼굴이 보이지 않을 만큼 펑펑 울어댔어.

"그래도 평범하기 그지없는 히로인의 캐릭터성을 살리기 위해서는 똑같은 덫을 또 치는 수밖에 없어. 금발 트윈 테일로 캐릭터성을 마구 살리고 있는 검사님은 이해가 안 되겠지만 말이야."

"그러는 당신은 알아? 흑발 롱헤어는 캐릭터성을 살리지 못한다고 주장할 셈이야?!"

저기, 평범하기 그지없는 히로인이라는 소리를 듣고 있지만, 카토도 충분히 귀여운 여자애거든?

문제는 평범하게 귀엽고 패션에 민감하며 순진무구하다는, 3차원 여자애로서는 충분히 매력적인 장점들이 우리가 추구하는 미소녀 게임 세계선에서는 전혀 통용되지 않는다는 점이다.

"히로인의 조형(造型)이라는 건 장기적인 안목에서 생각해야 하는 거야. 도중에 헤어스타일을 바꾸거나, 작품 안에서 나이를 먹거나, 성형 수술을 해서 외모가 변하면 캐릭터 상품 전개에 지장이 생길 거란 말이야!"

뭐, 확실히 작품 안에서 시간이 5년이나 경과하는 건 그야말로 어불성설이지.

"그렇지 않아, 검사님. 초인기 타이틀에서는 그런 캐릭터의 변화를 버전 차이로 여기면서 몇 번이나 상품화를 해서 이익을 보잖아. 결국은 그 콘텐츠, 혹은 그 캐릭터의 매력에 달려 있는 것 아닐까?"

내 방 장식장에 놓여 있는 흑화 세0버의 눈이 반짝이는 이미지가 머릿속을 스쳤지만 그냥 무시하기로 했다.

"그것보다……."

바로 그때, 평소와 마찬가지로 공기라도 된 것처럼 침묵을 지키고 있던 카토가 천천히 입을 열었다.

"이제 보니 사와무라 양과 카스미가오카 선배는 아키 군과 같은 레벨의 중증 오타쿠였네."

……그리고 그녀는 멍한 표정을 지은 채 두 사람의 폐부를 날카롭게 찌르는 듯한 발언을 했다!

"뭐?"

"아……."

피고인에게 뜻밖의 반격을 당한 검찰 측과 변호사 측은 독기가 빠져나간 듯한 얼굴로 증인대 앞에 선 쇼트 포니테일 여자애를 뚫어져라 쳐다보았다.

"다들 『뭐시기 재판』이라는 게임을 흉내 내고 있는 거잖아? 그걸 이렇게 즐겁게 하고 있다는 게……."

"피고인은 발언을 자중해주십시오! 도가 지나친 발언을

할 시에는 퇴정(退廷)을 명하겠습니다요?!"

나는 나무망치를 휘두르면서 허둥지둥 카토의 반격을 차단했다.

그런 내 목소리에는 카토가 뜻밖의 행동을 취한 탓에 느낀 당황과, 전설의 명작을 『뭐시기 재판』 같은 어이없는 명칭으로 부른 데 대한 분노가 어려 있었다.

잠깐, 그래도 『○전○판』이라는 정식 명칭으로 부르지 않는 점이 카토의 캐릭터성을 부각시키는 것 같네.

"Objection! 카토 양, 방금 한 발언을 취소해주겠어?"
이의 있소

"서, 선배……."

바로 그때, 우리 셋의 마음을 대변하듯 변호사님께서 입을 열었다.

"나는 초등학교에 들어가기 전, NOK에서 해준 『앨리 맥○』을 보고 법정 마니아가 되었어. 그러니까 저 두 사람과 똑같이 취급하지 말아줬으면 해."

"우, 우리를 버리는 거야?!"

……우리의 마음을 대변해주나 했더니 결국 자신만 살자고 나와 에리리를 주저 없이 버렸다. ……뭐, 우타하 선배다운 대응이기는 했다.

그건 그렇고 우타하 선배. 그 외국 드라마의 팬이었구나.

10년도 전에 유행했던 그 작품은 어떤 내용이었더라? 섹시한 여성 변호사가 연애 문제 때문에 항상 허둥대는 러브 코미디였지?

그래. 그래서…….

"카스미가오카 우타하는 그 드라마의 팬이었구나……. 당신이 악녀가 된 이유를 이제야 알겠어."

그래서 선배의 연애관은 그렇게 배배 꼬였다…… 아차. 나, 에리리에게 버금갈 만큼 악랄한 생각을 하고 있잖아.

"어머, 사와무라 양이 그런 말을 해도 돼?"

"뭐, 뭐야. 불만 있어?"

변호인은 눈을 가늘게 뜨더니 검사를 노려보았다.

하지만 검사는 위축되기는커녕 변호인을 마주 노려보았다.

에리리도 엄청난걸……. 그녀의 저 눈빛이 나를 향했다면 반사적으로 무릎 꿇고 용서를 빌었을 거야.

"요즘 검사들은 변호인에게 인신공격도 하는구나 싶어서 말이야."

"사실이잖아. 살짝 삐친 척해서 남자가 멀리 떨어진 마을까지 쫓아오게 하는 건 악녀들이나 할 짓 아냐?"

"아, 그, 그건…….."

아무래도 에리리는 2주 전에 있었던 일을 여전히 문제시하고 있는 것 같았다.

우타하 선배가 작성한 게임 시나리오 플롯에 만족하지 못한 내가 전철로 한 시간 거리에 있는 와고 시의 호텔에서 선배와 단둘이 밤샘까지 한 끝에 플롯을 완성한 그날 일을…….

"그러고 보니 그 후로 기분이 꽤나 좋아졌는지 막힘없이 시나리오를 써나가고 있잖아. 역시 그날, 두 사람 사이에서 무슨 일이 있었던 거지?"

"좋습니다. 그 질문에 답하도록 하죠. ……재판장님. 이 증거품을 제출하겠습니다."

카스미가오카 변호사는 호주머니에서 꺼낸 스마트폰을 조작하기 시작…….

"안 돼애애애애~!!!"

그 순간, 내가 들고 있던 나무망치가 엄청난 소리를 내면서 부러졌다.

"……검찰 측도 그 증거품에 관심이 가는걸."

"과, 관심 가질 필요 없어! 없다면 없는 줄 알아!"
그리고 그거, 에로 사진 이 사건과 전혀 관련이 없거든?!"

"……."

바로 그때, 나를 바라보는 피고인의 시선이 평소와 약간 달라진 듯한 느낌이 들었다.

"그런데, 결국 어떻게 할 거야……. 이대로는 판결을 내릴 수 없다고."

그리고 한 시간 후…….

결국 아마추어들의 역할 연기는 금세 파탄이 나버렸다.

그 후로는 재판과는 거리가 먼 말다툼과 말꼬리 잡기가 이어지면서 시간만 헛되이 흘러갔다.

한여름의 기나긴 석양도 슬슬 기울어가기 시작했다. 시계를 보니 벌써 오후 여섯 시였다.

"뭐, 오늘 활동은 이쯤에서 끝내자……. 내일부터는 디자인 변경 작업을 시작해야 하니까 말이야."

검사도 질린…… 아니, 지친 듯한 표정을 지으면서 책상에 걸터앉았다.

"나도 초반 텍스트를 조금 수정해야 해. 뭐, 겨우 몇 줄밖에 안 되니까 금방 끝날 거야."

그리고 변호인 측도 이야기가 끝났다는 듯이 가방을 향해 손을 뻗었다.

"그래……. 그럼 오늘은 이쯤에서 끝……."

두 사람의 말을 들은 재판장이 폐정(閉廷)을 선언하려 한 순간…….

"판결은 재판장의 주관으로 내리면 되지 않을까?"

"카토……?"

뜻밖의 인물…… 증언대 앞에 선 카토의 입에서 뜻밖의 말이 흘러나왔다.

"재판이라는 건 원래 그런 거잖아? 결국 마지막 판결은 재판장이 내리는 것 맞지?"

"그렇긴 한데…… 카토 양?"

"당신, 대체 무슨 말이 하고 싶은 거야?"

재판 받는 입장인 사람이 자신의 형량을 결정해달라고 말하는 이례적인 사태가 벌어지자, 검사 측과 변호인 측은 의아한 표정을 지으며 증언대에 선 피고인을 쳐다보았다.

시선을 받은 피고인 측은 평소처럼 멍한 표정을 지은 채 담담한 목소리로 말했다.

하지만 그 말의 내용은—.

"으음. 이 헤어스타일이 무죄인지 유죄인지는 말이야. 결국 어울리느냐, 어울리지 않느냐로 갈릴 것 같은데?"

"아."

"아."

"아."

그 "아."에는 **3인 2색**의 리액션이 담겨 있었다.

"……."

그리고 카토는 그 말을 한 후, 멍한 표정으로 나를 지그시 쳐다보았다.

"어, 어이. 카토. 너 지금 무슨 소리를……."

으음, 카토가 한 말을 요약하자면…….

판결은 최종적으로 재판장의 주관에 따라 내려진다.

↓

이 재판의 쟁점은 현재 헤어스타일이 어울리느냐, 어울리지 않느냐로 귀결된다.

↓

그러므로 재판장은 피고의 현재 헤어스타일을 주관적으로 평가하면 된다.

↓

『아키 군. 이 헤어스타일, 나한테 어울려~?』(←현재 이 부근)

"흐음, 확실히 일리 있는 말이야……. 검찰은 피고인의 제안에 동의합니다."

"변호인 측도 마찬가지입니다."

"어, 어이?!"

엄정한 논의 끝에 내려져야 하는 재판장의 판결이, 어느새 프로듀서 겸 디렉터의 사심이 가득 들어간 의향으로 바뀌어버렸다.

"……."

"카, 카토……?"

이, 이 어이없는 공격은 뭐지……?

야구에 비유하자면 정석적인 타격 폼을 지닌 타자가 이상적인 타격 스윙으로 투수가 던진 공을 담장 밖으로 넘겨버리려 하는 듯한…… 엄청 좋은 타자네!

"……."

"……."

"잠깐만, 선배와 에리리도 이제 와서 배신하지 말라고."

어느새 멍한 시선 하나와 날카로운 시선 두 개가 세 방향에서 날아왔다.

나는 그런 세 소녀에게 오타쿠를 얕보지 말라고 말하고 싶었다.

여자애의 새 헤어스타일에 관한 감상을 당사자에게 직접 말하는 건 리얼충들이나 할 수 있는 짓이라고! 내가 그딴 짓을 할 수 있을 것 같아?!

……딱히 긍지나 신념 때문에 안 하는 것이 아니라, 용기가 없어서 못 하는 거지만 말이다.

"……."

"재판장, 판결 안 내릴 거야?"

"계속 시간 끌면 자백을 강요할 수밖에 없겠네."

"죄송합니다만, 심리 무효를 청구해도 되겠습니까?!"

제1장

봄, 그것은 만남의 계절(주(注): 지금은 여름입니다)

7월 하순인 오늘은 바로 방학식이 열리는 날이다.

간단한 방학식 행사와 종례가 끝난 후, 대부분의 학생들이 일제히 하교할 즈음…….

"다음에 봐, 사와무라 양."

"그래, 이시마키 양. 미소 띤 얼굴로 9월에 다시 만날 수 있기를 진심으로 기원할게."

"저, 저기, 에리리 선배! 방학 잘 보내세요!"

"한 달 동안 선배와 만나지 못한다고 생각하니 정말 쓸쓸해요…….."

"코타니 양도 참. 나는 방학 때도 수요일에는 부실에 올 거니까 보고 싶으면 언제든지 오렴. 물론 미사와 양도 와. 기다리고 있을게"

"예! 고마워요!"

"그럼 이만 실례할게요!"

교정에서 교문으로 향하는 인파 안에는 다른 이들보다 한층 더 우아하고, 한층 더 화려하며, 한층 더 빛나는 이들이 있었다. ……아, 빛나고 있는 건 그중 한 명의 머리카락이지만 말이다.

뭐, 아무튼 『사와무라 스펜서 에리리와 그녀의 들러리들』은 내 10미터 전방에서 제1집단을 형성한 채 듣는 이들의 피부에 소름이 마구 돋게 하는 대화를 나누고 있었다.

그건 그렇고 에리리 녀석, 왜 저렇게 점잔 빼는 거야? 에로 동인 작가 주제에…….

아, 오타쿠이기 때문에 상류층 아가씨들이나 쓸법한 말투를 아무렇지도 않게 쓰는 건가?

다른 녀석들은 에리리의 저 말투가 상류층 아가씨의 습성에서 우러나온 것이 아니라 여자 오타쿠로서 역할 연기를 하고 있는 것에 불과하다는 사실을 꿈에도 모를 것이다. 에리리의 위장은 완벽 그 자체니까 말이다.

"그러니까! 어떤 작품에든 연하 히로인이 한 명 정도는 필요하다고!"

"그, 그렇구나."

그 제1집단으로부터 10미터 정도 떨어져서 걷고 있는 제2집단은 나와 카토로 구성되어 있다.

"그리고 한마디 덧붙이자면, 미소녀 게임의 필수 요소라

할 수 있는 연하 히로인 안에는 두 가지 방향성이 존재……."

"바이바이, 메구미."

"아, 바이바이. 욧짱……. 미안, 아키 군. 하던 말 계속해."

"연하 히로인의 방향성은 크게 시건방 계열과 순종적 계열로 나뉘는데……."

"어이, 토모야. 2학기에 보자. 너 어차피 보충 수업 들으러 안 나올 거지?"

"당연하지, 카즈나리. 나는 아르바이트와 여름 코믹마켓과 게임 제작 때문에 바쁘다고……. 여름은 승부의 계절이란 말이야."

"평범한 녀석들은 그 계절에 다른 승부를 할 것 같은데…… 그럼 먼저 간다."

"그래, 잘 가! ……아, 미안, 카토. 이번에는 내가 이야기를 끊어버렸네."

나와 카토는 기본적으로는 단둘이서 이야기꽃을 피우면서도, 때때로 지나가던 클래스메이트와 인사를 나눴다. 무시당하지도 않고, 들러리도 딱히 없는, 그야말로 매우 표준적이면서 유동성이 높은 집단이었다.

"괜찮아. 그렇게 중요한 이야기를 하고 있는 것도 아니잖아."

"내가 하는 이야기를 중요하지 않다고 딱 잘라 말하는 것도 좀 그런데…… 아무튼 나는 순종적 계열이 좋아!"

아무래도 상관없지만, 남녀가 이렇게 당당하게 단둘이서 나란히 걷고 있는데도 아무도 나와 카토를 놀리거나 딴죽을 날리지 않았다. 아니, 정확하게 말하자면 다른 녀석들이 나(의 게임)의 메인 히로인인 카토 메구미를 배경 취급하고 있는 것 같은 느낌마저 들었다.

"경향적 측면에서 보자면, 주인공이 하는 행동을 전부 긍정하는 점이 포인트야. 예를 들자면 주인공을 동경하는 같은 부 후배라든가, 열성 팬 같은 캐릭터지. 그런 애들은 러브브 아우라를 마구 뿜어대고 있기 때문에 유저들에게 안도감과 모에, 그리고 보호 본능을 느끼게 해……."

"아, 주인공이 카스미가오카 선배이고 히로인이 아키 군인 거구나."

"…………그 예에는 문제 되는 요소가 많이 들어 있으니까 취소해줘."

우리는 그런 이야기를 나누면서 뒤쪽을 돌아보았다. 그러자 구세주가 바다를 건널 때처럼 주위의 인파를 가르면서 그 중앙을 당당하게 걷고 있는 우타하 선배가 눈에 들어왔다. 그녀는 혼자서 제3집단을 형성하고 있었다.

그녀는 손에 든 책을 주시하면서 걷는다고 하는 안전 의식이 결여된 이동 방식을 채택 중이었다. 하지만 공포의 대상인 그녀에게 제 발로 다가가려는 사람이 있을 리가 없으니, 타인이 직접적 피해를 입을 만한 사고는 아마 발생하지 않으리라.

아무튼, 우리가 마라톤이라도 하듯 세 개의 집단을 형성한 채 서로 간의 거리를 재면서 같은 페이스로 이동하는 데에는 이유가 있었다.

좀 전에도 말했듯 오늘은 방학식 날이다. 즉, 내일부터 여름 방학이 시작되는 것이다.

하지만 방학 기간 동안, 학교 측의 정식 허가는커녕 고문 선생님도 없는 우리 동인 게임 제작 서클의 활동에 약간의 문제가 생긴다.

즉, 여름 방학 기간 동안에는 지금까지 부실 대용이었던 시청각실을 이용할 수가 없는 것이다.

즉, 거점을 잃은 우리는 일단 임시 부실을 찾기 위해 방랑의 길에 오르게 된 것이다……

"카토도 모에하지? 자기보다 나이 어린 애가 뒤를 졸졸 따라다닌다든가, 셔츠 소매를 꼭 움켜쥔다든가, 애처로운 눈빛으로 우리를 올려다본다고!"

"으음, 나는 아직 『모에』라는 말을 일반적인 단어라는 전제하에서 이야기하는 데 익숙하지 않은 것 같아."

그리고 이 방랑 도중에도 시간을 아끼기 위해 회의를

했다.

저 푸른 하늘을 칠판 삼아서 말이다.

"그럼 좀 더 구체적인 사례를 들어볼까⋯⋯. 카토, 지금부터 눈을 감고 내가 말하는 시추에이션을 상상해봐."

"길을 걸으면서?"

"⋯⋯뭐, 눈은 감지 않아도 돼. 저쪽에 교문이 있지?"

"응."

"『교문 기둥에 등을 맡긴 채 자신이 나오기를 기다리고 있는 후배』 같은 시추에이션을 상상해봐! 어때?!"

"기분 나쁘지는 않을 것 같지만, 그런 거라면 꼭 후배가 아니어도 괜찮지 않아?"

"뭘 모르네⋯⋯. 카토, 너는 뭘 몰라도 한참 모른다고!"

"아~ 응. 적극적으로 알려고 하지 않는다는 점은 인정할게."

의제는⋯⋯ 뭐, 지금까지 내가 한 이야기를 들었으면 짐작이 가겠지만, 서브 히로인을 검토하고 있는 중이다.

"후배에게는⋯⋯ 후배에게는, 동급생에게는 없는 콤플렉스나 딜레마가 존재한다고."

"아, 그렇구나."

"상대는 연상⋯⋯ 자신과는 생활하는 공간도, 시간도 달라. 동급생은 같은 교실에서, 같은 수업을 받으면서, 같은 시간을 보내고 있다는 걸 실감할 수 있어. 하지만 후배인 자신은 그럴 수가 없는 거야."

우타하 선배…… 카스미 우타코 혼신의 기획서 『윤리 군의, 윤리 군에 의한, 윤리관으로 가득한 초(超) 건전 미소녀 게임 기획(가제)』에는 카노 메구리와 히노에 루리라는 시대를 초월한 더블 히로인에 관한 설정이 실려 있다.
^{2권에 수록된 참고 자료를 참조}

하지만 그 외의 히로인에 관해서는 아직 아무것도 정해지지 않은 상태였다.

"그저 늦게 태어났다는 이유 하나만으로 함께 지내는 기쁨을 빼앗기고 만 열등감! 그런 속내를 표현하듯 눈앞에 있는 돌을 걷어차며 쓸쓸히 서 있는 그 모습!"

"그렇게 비관적으로 생각할 필요는 없지 않아?"

"아! 그러면 '오늘 만나면 무슨 이야기를 할까?' 같은 생각을 하면서 즐거운 표정을 짓고 있는 것도 괜찮을 것 같네!"

"결국 후배이기만 하면 딴 건 아무래도 상관없는─."

"그래! 후배 히로인이기만 하면 딴 건 아무래도 상관없어!"

"아, 자기 입으로 인정했어."

결국 시나리오 제작이 한창 진행될 여름 방학 초반에 히로인 캐릭터만이라도 완성해두는 것이 이 게임의 프로듀서인 나의 사명이자 책임이다.

……후배로서, 수험 준비도 해야 하는 우타하 선배의 시

간을 뭉텅이로 뺏고 있다는 점은 일단 제쳐두겠다.

"그리고 그 후배다움을 단적으로 표현하는 최강의 아이템…… 그게 바로 교복이야!"

"아, 학년별로 다른 색깔 리본을 맨다든가?"

"그것도 좋아! 하지만 좀 더 직접적으로 어필할 요소가 있어. 바로 교복의 디자인 자체를 다르게 하는 거야!"

"그러면 다른 학교? 아하, 아직 중학생인 거구나."

"빙고~!"

열기 띤 목소리로 그렇게 외친 나는 눈앞에 있는 교문을 다시 한 번 손가락으로 가리켰다.

그곳에 다른 학교 교복을 입은 중학생 여자애가 있을 리 없지만, 나는 그런 사소한 점은 전혀 개의치 않으면서 이야기를 계속했다.

"중학교 수업은 고등학교보다 일찍 마치잖아? 그 후 고등학교에 오면 때마침 선배가 하교할 시간이 되겠지…… 자기보다 나이 많은 고교생들의 시선을 받으며 거북함을 느끼면서도, 한결같은 마음으로 선배를 기다리는 그 갸륵함!"

"……선배?"

내 머릿속에서 자신을 『선배』라고 부르는 모에 보이스가 자동 재생되었다.

약간 가라앉고, 불안이 섞여 있지만, 그와 동시에 약간의 기대가 느껴지는 그 미묘한 뉘앙스는 정말 끝내줬다.

"그리고 겨우 선배를 발견한 그녀는 한순간 울 것 같은 표정을 짓지만, 다음 순간 만면에 미소를 짓겠지! 그리고 희미하게 떨리는 목소리로 선배의 이름을 부르는 거야……."

"토모야 선배……?"

"그래! 바로 이런 식으로 말이야!"

"어……?"

그 순간, 카토는 의아한 표정을 지으면서 내 손가락이 가리키는 곳을 쳐다보았다.

그곳에는 내 머릿속에만 존재하는 후배가 나를 쳐다보고 있었다.

토요가사키 학원 교복과는 다른 교복을 입은 그녀는 키가 작은 편이며, 경단 모양 트윈 테일을 하고 있었다.

그리고 에리리와 카토를 능가할 뿐만 아니라, 우타하 선배와 맞먹을 것 같을 만큼 볼륨감이 넘치는……?

"어라?"

잠깐만. 후배 히로인을 이런 글래머 캐릭터로 설정한 적은…….

"역시…… 역시 토모야 선배군요! 와아, 드디어 찾았어~!"

"……어?"

하지만, 눈앞에서 전개되고 있는 현실은 내가 짠 기본 설정을 가볍게 능가했다.

"돌아왔어요……. 저, 선배 곁으로 돌아왔다고요~!"

"어, 어……."

내 몸을 압박하고 있는, 부드러움 속에서 강한 탄력이 느껴지는, 그리고 젊음과 볼륨감을 겸비한, 이 무시무시한 여자의 무기는 대체 뭐지?!

"……."

"……."

"……."

포옹을 나누는 우리를 향해, 완벽하게 동일한 성질을 띤 시선이 세 방향에서 날아왔다.

즉, 나는 현재 삼각형의 중심에 서 있는 것이다.

결국 나는 그 세 방향을 향해 똑같은 성질을 띤 시선을 보냈다.

"으음…… 이 애, 대체 누구지?"

※　※　※

"우와아. 이 공원, 정말 반갑네요……. 거의 3년 만에 와 봤어요~!"

하굣길에 있는 자그마한 공원.

토요가사키 학원에서는 약간 떨어져 있고, 우리 집에서는 꽤 가깝다.

그리고 내가 예전에 다녔던 시마무라 중학교 근처이기도
했다…….

"이즈미……? 너, 진짜로 하시마 이즈미야?"

"선배, 너무해요~. 그럼 누구라고 생각했던 거예요?"

"아니, 그게…….."

누구인지 전혀 감이 오지 않았다고.

"아, 공 발견~!"

그제야 내 기억 속에 존재하던 하시마 이즈미라는 이름과
이어진 그녀는 공원 안을 굴러다니던 고무 축구공을 즐겁
게 가지고 놀기 시작했다.

……그 결과, 우리 눈앞에서는 세 개의 공이 흔들리고 있
었다.

"아키 군의 중학교 시절 후배야?"

"아, 그게, 조금 다르지만, 뭐, 비슷해."

카토의 말을 들은 나는 약간 애매한 대답을 해줄 수밖에
없었다.

왜냐하면 하시마 이즈미는 내 후배이기는 하지만, 같은
중학교에 다닌 적은 없었기 때문이다.

"사와무라 양은 저 여자애를 알아?"

"몰라."

"윤리 군의 후배라면, 당신의 후배이기도 하잖아?"

"알 리가 없잖아. 초등학교도 다르고, 두 살이나 차이 나

는 데다, 중학생이 되기 전에 나고야로 이사 가버렸단 말이야."

"그 정도면 충분히 잘 알고 있는 것 같은데……."

나와 카토의 뒤편에 있는 벤치에 우연히(본인 왈) 앉아 공원의 풍경을 스케치하던 에리리는 그렇게 말했다.

그리고 에리리의 옆에 우연히(본인 왈) 앉아 독서를 즐기고 있던 우타하 선배는 담담한 목소리로 날카로운 딴죽을 날려댔다.

"뭐, 같은 동네에 살았기 때문에 한두 번 마주친 적은 있어. 하지만 3년 동안 못 본 데다 지금은 겉모습이 완전히 바뀌었단 말이야. 그러니 알아보지 못하는 게 당연하다구."

"아, 당신과는 영원히 인연이 없을 특정 부위의 사이즈 때문이구나."

"그딴 소리 또 하면『사랑에 빠진 메트로놈』의 더블 히로인 능욕 동인지를 낼 거야, 카스미 우타코."

"자신의 작품이 2차 창작되는 건 작가의 꿈이야. 부탁이니까 꼭 그려줘, 카시와기 에리 선생님."

……참고로 이 두 사람은 스케치북과 책에서 눈을 떼지 않은 채 이딴 소리를 해대고 있었다. 악담에 가까운 소리를 하면서도 시선을 마주치려 하지 않는 이 두 사람이 나는 너무나도 무서웠다.

"선배! 토모야 선배도 같이해요! 예?!"

"그, 그래……."

저 두 사람이 자아내는 기묘한 분위기를 전혀 감지하지 못한 듯한 이즈미는 리프팅을 하던 공을 나에게 패스했다.

나는 어설픈 티를 내지 않기 위해 노바운드로 그 공을 이즈미를 향해 걷어찼다. 그리고 출렁대는 그녀의 가슴……이 아니라, 공을 찰 때 휘날리는 치마 안……이 아니라, 그녀의 온몸을 훑어보았다.

"그런데 이즈미. 너 정말 많이 변했구나."

"어~ 그래요?"

그 점에 관해서는 에리리의 말에 전적으로 동의할 수밖에 없을 것 같았다.

나도 3년 전만 해도 자주 같이 놀았던 초등학생 여자아이와 지금 눈앞에 있는 중학생 여자아이가 동일 인물이라는 사실이 믿기지 않았다.

"이즈미, 넌 옛날에는 단발머리에 피부도 까무잡잡했었잖아."

게다가 빼빼 마르기까지 해서…….

"아, 당시의 저는 좀 남자애 같았을 거예요~."

"그래, 맞아!"

여름에는 탱크톱 하나만 입고 다니는 데다, 그 옷의 목덜미나 겨드랑이 쪽을 통해 속살이 언뜻언뜻 보여도 전혀 의식하지 않고 같이 놀았다.

내가 훨씬 더 어렸던 시절부터 여자애로 의식했던, 인형 같은 외모를 지닌 에리리와는 다른 접근 방식으로 친해졌다.

나에게 있어 그녀는, 태어나서 두 번째 생긴 여자 친구였던 것이다.

예를 들자면 『썸머 ㅇㅈ』의 카ㅇ마 같은…… 아, 이래선 남자애를 좋아한다는 소리처럼 들릴 수도 있겠군.

"흐음, 제가 그렇게 많이 변했어요?"

"완전히 다른 사람이 된 것 같다고! ……그러니까 좀 전에 바로 못 알아본 건 용서해줘."

그렇다. 완전히 다른 사람이다.

지금 내 눈앞에 있는 이즈미의 양쪽으로 나눠 묶은 머리카락은 윤기가 넘쳤고, 피부는 눈처럼 새하얬으며, 몸 전체에는 살집이 붙어 있었다. 그렇다고 뚱뚱해 보이는 것도 아니었다.

뭐, 간단하게 말해…….

"조금은 여자애다워졌나요?"

"……으, 응."

응. 인정하고 싶지는 않지만 그녀가 방금 말한 대로다.

"만약 그렇다면……."

나를 향해 약간 높은 펀트킥[#1]을 날린 이즈미는, 방금 전

#1 펀트킥 골키퍼가 공을 가볍게 앞으로 던져 올린 후, 공이 땅에 떨어지기 전에 차는 것.

보다 더 달콤한 숨결을 내뱉으면서 중얼거렸다.

"제가 여자애 같아졌다면…… 그건 선배 때문일 거예요."

"뭐?!"

그 충격 발언을 들은 나는 그대로 헛발질을 할 수밖에 없었다. 그리고 공은 그대로 내 뒤편에 있는 벤치까지 굴러갔다.

"선배가 저에게 여자의 기쁨을 가르쳐줬기 때문……이란 말이에요."

"뭐, 잠깐, 그, 게……."

"토모야 선배. 이곳에서 저랑 이런저런 놀이를 했었잖아요."

"이, 이즈미?!"

"아, 아키 군……?"

윽……. 경멸하는 듯한 표정을 짓고 있는 카토를 오늘 처음 보았다.

"공원에서 초등학생 여자애와 위험한 놀이…… 윤리 군 주제에…… 윤리 군 주제에……."

"너, 너 같은 아줌마를 여자 취급하지 않는 이유를 이제 알았지? 카스미가오카 우타하."

뒤편에 있는 벤치에 앉은 두 사람의 판죽 또한 평소처럼 날카롭지 못했다.

"다시 만나서 정말 기뻤어요……. 그리고 저는 한눈에 토모야 선배를 알아볼 수 있었어요. 왜냐하면 선배는 눈곱만큼도 변하지 않았거든요……."

"그, 그, 그래?"

"아키 군은 3년 전에도 지금이랑 똑같았구나……."

하지만 금세 원래 페이스를 되찾은 카토는 또 멍한 표정을 지으면서 그렇게 말했다.

"으음, 3년 전 여자의 방금 발언에 대해 어떻게 생각하시죠? 7년 전 여자 씨?"

"……그딴 헛소리 한 번만 더 하면 작품 속 캐릭터가 아니라 카스미 우타코 본인을 능욕하는 동인지를 낼 거야."

뒤편에 앉은 두 사람도 금방 원래 페이스를 되찾았다. 역시 오랫동안 알고 지낸 덕택…… 아니, 폐해인 걸까.

"그러니 토모야 선배…… 이걸 받아주세요!"

"이, 이즈미……?!"

그리고 촉촉이 젖은 눈으로 나를 쳐다보던 이즈미는 무언가를 꺼내 나에게 내밀었다.

이 세상에 태어난 후로 지금까지, 게임 속에서만 체험해 봤던 개별 루트 돌입 직전의 중요 이벤트를 맞이한 나는 떨리는 손으로 그 봉투를 뜯었다.

그 봉투 안에 든 것은…….

"……서클 티켓?"

"모레, 동관 호04a『팬시 웨이브』예요! 꼭 와주세요!"

파란색과 은색으로 된 그것은 바로 오타쿠에게 있어 플래티나 티켓이나 다름없는 물건이었다.

※　※　※

"『리틀러브·랩소디』……?"

"예! 제가 이번에 그린 건 작년에 나온『3』의 미키야예요. 아, 그렇다고 미키야만 좋아하는 건 아니에요. 어디까지나 주인공인 여자애와의 커플링을 좋아한다고나 할까, 두 사람이 같이 있을 때의 분위기를 좋아한다고나 할까……."

"으, 으음……?"

"……이즈미. 카토는 "현재 시점에서는" 노멀이니까 그쯤 해둬."

"방금 전의 "현재 시점에서는"이라는 말을 들으니, 아키 군이 이제부터 나를 어떻게 개조해 나가려는 건지 벌써부터 걱정돼."

그리고 공원에서 나온 우리는 통나무집 느낌이 나는 단골 카페로 이동했다.

그리고 드디어 본색…… 아니, 진짜 자신을 드러내기 시작한 이즈미를 본 카토는 완전히 질리고 말았다.

"저, 저기, 아키 군. 그 리틀 뭐시기라는 것도 미소녀 게임이야?"

"아니, 여성향 게임이야. 그런데 카토. 너, 이쪽 업계에 대해 아무것도 모르는 사람처럼 그런 어설픈 명칭을 입에 계속 담았다간 나중에 엄청난 파문을……."

"리틀 뭐시기가 아니에요! 『리틀러브·랩소디』라고요! 리틀! 러브! 랩소디! 그 외에도 『리틀랩』이나 『LLR』 같은 식으로 부르기도 하며, 3편까지 나온 시리즈의 누계 판매량이 200만 장 이상 되는 인기 시리즈예요! 그러니까 앞으로는 절대 그런 식으로 부르지 마세요!"

"……정정할게. 지금 바로 파문을 부를 수 있으니까 조심하도록 해."

"으, 응. 방금 뼈저리게 느꼈어."

『리틀러브·랩소디』.

방금 이즈미가 얼추 설명을 했지만 거기에 약간 보충을 하자면, 대형 게임 메이커인 소나에서 발매한 작품이다.

10년 정도 전에 제1편이 발매된 후, 여성향 연애 시뮬레이션 게임…… 즉, 여성향 게임 중에서 항상 인기 타이틀로 뽑혀온 장수 시리즈다.

현재 속편이 3까지 나왔으며, 신작이 나올 때마다 단순한 재탕이 아니라, 세계 설정부터 캐릭터까지 전부 일신해왔다. 게다가 빈틈이라고는 눈곱만큼도 찾아볼 수 없는 캐릭터 비즈니스는 존경스러울 정도였다.

그것도 그럴 것이, 엄청나게 히트했던 1편의 서양 판타지풍 세계관과 캐릭터를 2편에서는 일본풍 판타지로 변경하고, 3편에서는 학원 판타지로 변경한 것이다. 거의 처음부터 새롭게 만들다시피 하면서도 매 편마다 대히트를 기록했을 뿐만 아니라 기존 팬들에 대한 서비스도 잊지 않았다. 분명 이 시리즈의 기획자는 엄청난 능력의 소유자일 것이다.

여자애를 오타쿠로 타락…… 아니, 여자애들 사이에서 공통의 화제를 만드는 데 있어 최고의 작품이다.

"좀 전에도 말했지만, 저는 선배를 만나기 전까지는 게임이나 애니메이션에는 관심이 전혀 없었어요. 그냥 남자애들처럼 밖에서 뛰어놀기만 했죠."

"그랬구나……. 어린이에게 있어서는 전혀 나쁜 일이 아닐 것 같은데……."

"어리고 세상 물정 모르던 저에게, 선배는 새로운 세계를 보여줬어요. ……제 생일에 『리틀랩2』를 POP와 세트로 저에게 선물해줬던 거예요."

"그랬구나……. 확실히 아키 군은 예전이나 지금이나 별반 차이가 없는 것 같네."

휴대용 게임기는 아웃도어 파인 상대를 이쪽 세계로 끌어들이는 데 있어 꽤나 유효한 수단이다.

내 포교 활동은 상대도, 수단도 가리지 않았던 것이다.

……뭐, 그때는 아르바이트를 하지 않았기 때문에 세뱃돈을 다 쏟아부어야 했지만 말이다.

"선배가 그때 『리틀랩2』를 선물해주지 않았다면, 저는 게임과 애니메이션에 둘러싸여 행복한 인생을 즐기지 못했을 거예요……. 그러니 선배에게는 몇 번을 감사해도 모자랄 지경이에요!"

"흐음, 굉장하네……. 전혀 후회하지 않는 것 같다는 점이 말이야."

그런데 카토. 너는 왜 광신도라도 보는 듯한 눈빛으로 이즈미를 쳐다보는 거야. 그런 눈빛으로 저 녀석을 쳐다보지 말라고.

"역시 윤리 군. 옛날부터 여자애를 이쪽 업계로 끌어들이는 데 있어서는 완전 선수였나 보네."

"『리틀랩』……."

"뭐, 우리도 사돈 남 말 할 처지는 아니지만 말이야. 어차피……."

"……."

"사와무라 양?"

"……어?"

"왜 그래? 도망 생활의 공포와 스트레스 탓에 겨우 일주일 만에 아름답던 금발이 백발이 되어버린 프랑스 왕비 같은 표정을 짓고 있잖아."

"잠깐, 영문 모를 소리 좀 그만하란 말이야 카스미가오카 우타…… 우웁?!"

"아아~. 허둥지둥 마시지 좀 마……. 자, 손수건 빌려줄게."

"자, 잠깐…… 커피가 왜 이렇게 단 거야?!"

"설마 주문할 때 설탕 넣지 말아달라고 부탁하지 않은 거야? 사와무라 양은 여전히 덤벙대는구나."

"요, 요즘 같은 시대에 기본적으로 설탕 넣은 커피를 내놓는 곳이 어디 있냐?!"

그리고 나와 카토의 뒤편에 있는 테이블에서, 우연히(본인들 왈) 환담을 나누고 있는 2인조 또한 여전했다.

※　※　※

"그런고로 선배! 여름 코믹마켓에 꼭, 꼬옥, 꼬오옥~ 와주세요!"

길가는 사람들로 북적대는 전철역의 플랫폼.

그곳에서 이즈미는 여전히 힘찬 목소리로, "꼭"이라는 말을 강조해가면서 세 번이나 외쳤다.

음, 생기발랄 히로인 캐릭터로서는 합격점을 줘도 되겠군.

"그래, 꼭 가겠어! 이즈미의 신간, 기대하고 있을게."

뭐, 원래 사흘 전부 참전할 예정이었지만, 그런 괜한 소리를 할 필요는 없을 것이다.

"……지금은 그게 가장 큰 문제지만요. 아하하."

이즈미는 한 번이라도 동인 활동을 경험해본 사람이라면 누구나 다 이해할 법한 미묘한 미소를 지은 후, 도착한 전철에 탔다.

"참, 선배. 오빠와는 만났어요?"

"어…… 이오리도 온 거야?"

헤어지기 직전에 그녀가 입에 담은 이름을 들은 순간, 나는 목에 가시가 걸린 듯한 느낌을 받았다.

"당연하죠. 저희 가족 모두가 이 마을로 돌아왔으니까요."

"그랬구나……."

그래. 이오리도 돌아왔구나.

그 녀석이라면 혼자서도 얼마든지 잘 살 것 같은데 말이야.

……뭐, 그 녀석에게 나고야와 도쿄 중 하나를 고르라면 당연히 도쿄를 고르겠지.

"아, 선배. 다음에 저희 집에도 놀러 오세요! 오빠도 기뻐할 거예요!"

"으, 응……."

전철이 출발하려 하자, 이즈미는 아쉬움으로 가득 찬 표정을 지으며 작별 인사를 했다.

"그럼 토모야 선배……. 다시 만나서 정말 기뻤어요!"

"이즈미……."

활기찬 미소가 쓴웃음에 가까운 미소로, 그리고 지금은 금방이라도 울음을 터뜨릴 것 같은, 그러면서도 진심으로 기뻐하는 듯한 미소로 변했다.

그리고 그런 이즈미의 미소를 가리듯 전철 문이 닫히더니, 우리 둘 사이의 거리는 점점 멀어져 갔다.

하지만, 계속, 계속…… 아마, 내 시야에서 사라진 후에도 그녀는 미소를 머금은 채 열심히 손을 흔들어대고 있으리라.

표정 자체가 풍부한 점은 남자보다 더 남자 같았던 시절의 이즈미와 똑같았다. 하지만 표정 하나하나에서 3년 전과 달리 "여자애다움"이 조금씩 묻어나오고 있다는 점이 기쁘다고나 할까, 아쉽다고나 할까, 쓸쓸하다고나 할까…….

"축하해, 윤리 군……. 순종적 계열 후배 히로인을 GET 했네."

"으……."

차갑디차가운 목소리로 그렇게 말하며 내 어깨에 손을 얹은 후, 달콤하면서도 차가운 숨결을 토한 이는 독설계열 선배 히로인……이 아니라 우타하 선배였다.

"중학생, 다른 교복, 교문 앞에서 홀로 서서 윤리 군을 기다리는 저 갸륵함…… 정말, 강아지 히로인의 진수를 본 것 같은 느낌이 들어."

"그, 그래요?"

"이제 말끝에 『……입니다!』만 붙이면 완벽할 텐데 말이야."

"무, 무슨 소리 하는 거야, 우타 누나?!"

"그게 누구야?"

우타하 선배는 내가 방금 쓴 호칭을 거절하듯, 내 이마를 손가락으로 가볍게 튕겼다.

휴우, 아이언 클로가 아니라서 다행이야.

"뭐, 아무튼 신 캐릭터의 설정도 완성됐으니 시나리오 작성에 더 박차를 가할 수 있겠어……. 뭐, 서브 히로인이니 서브 취급을 할 수밖에 없지만…… 그럼 다음에 봐."

영문 모를 아우라를 뿜은 우타하 선배는 가볍게 손을 흔들면서 전철역 안에 있는 계단을 올라갔다.

……그런데, 저 사람은 다른 노선의 전철을 타야 하는데 왜 이 플랫폼에 온 거지?

※　※　※

플랫폼뿐만 아니라 전철 안도 러시아워 때만큼은 아니지만 꽤 붐비고 있었다.

"그 애…… 이즈미라고 했지?"

"응?"

이즈미와 반대 방향 전철에 타고 역 하나를 지났을 즈음, 평소처럼 존재감을 희박하게 만들고 있던 카토가 입을 열었다.

"마치 아키 군 같았어."

"……칭찬하는 건지, 욕하는 건지, 그리고 대상이 나인지 이즈미인지에 따라 네 가지 패턴의 해석이 가능할 것 같은데?"

"아, 칭찬하는 것도, 욕하는 것도 아냐. 단순한 감상이야."

"그런 초등학생도 안 할 법한 변명이 통할 것 같아?"

"으음, 좀 더 자세하게 말하자면…… 좋아하는 것에 대해 이야기할 때의 후덥지근함이랄까, 좋아하는 것에 대한 약간의 오해나 착각을 절대 용납하지 않는 좁아터진 마음이랄까……. 그리고, 그리고…… 아, 그래. 자신이 좋아하는 것에 최종적으로는 상대 또한 관심을 가지게 만드는 그 뜨거운 말솜씨 같은 거 말이야."

"……마지막 하나는 엄청 고민한 끝에 말한 것 같네."

그 말에서는 카토가 객관적인 시선을 유지하려 한 노력의 흔적이 느껴졌지만, 너 역시 나를 깎아내리려는 거지?

하지만…… 만약 이즈미의 이름에 『윤(倫)』이라는 글자가 쓰였다면 우타하 선배는 그녀를 『소(小) 윤리』라고 불렀을지도 모른다.

"아무튼…… 그 애가 3년 전까지 아키 군과 길고도 진한 시간을 공유했다는 건 알겠어."

"그야, 뭐……."

카토가 방금 한 말만큼은 부정할 수가 없었다.

그 애가 집안 사정으로 이사를 가게 될 때까지 약 1년 반 동안…….

같은 작품을 사랑하는 동지이자, 나의 오타쿠 지식과 정신을 이어받은 애제자이자, 내가 인정한 후계자인, 하시마 이즈미라는 소녀를 지켜봐 왔다.

……여기서 "소녀"라는 말을 쓰면 나나 상대가 모 조례에 걸려 골치 아픈 문제가 벌어질 수도 있으니 "친구"라는 표현을 쓰는 편이 무난할지도 모른다. 당시 그녀에 대한 내 인식 또한 그쪽에 더 가깝기도 하니까 말이다.

뭐, 아무튼 동지를 만드는 데 한 번 실패했던 나에게 있어 그녀는 새로운 희망이라고나 할까, 제4부 스타트라고나 할까, 그런 오비0이 느꼈을 법한 기분을 맛보게 해준 소중한 존재라는 사실에는 틀림이 없다…….

"어이, 카토……. 어, 어라라?!"

내가 심사숙고 끝에 정리한 내 생각을 말해주려 한 순간, 카토는 이미 전철 문 너머에 있는 플랫폼을 걷고 있었다.

자기가 내릴 역에 도착했다면 작별 인사 정도는 해주고 내려도 되잖아…….

　이런 장면을 게임에 담는다면 효과음으로 문이 닫히는 소리와 전철 소리를 넣어서 상황을 유저들에게 알려줘야겠군.

※　※　※

　전철에서 내린 우리는 집을 향해 걸음을 옮겼다.

　역에서 나와 대로를 따라 5분 정도 걷자, 언덕이 모습을 드러냈다.

　즉, 지금부터 집에 돌아가기 위해서는 반드시 돌파해야만 하는 난관, 탐정 언덕을 올라가야만 하는 것이다.

　"……."

　"……."

　본격적인 여름에 접어든 7월 하순.

　저녁인데도 불구하고 여전히 강한 햇살을 받으면서 이 가파르고 긴 언덕을 끝까지 오른다면, 아마 땀이 비오듯 흘러내릴 것이다.

　"……."

　"……."

　하지만 더위 따위에 질 수는 없었다.

　그것도 그럴 것이, 내일부터 여름 방학이 시작되는 것이다.

하고 싶은 일, 해야만 하는 일, 하지 않으면 안 되는 일이 산더미처럼 있었다.

단 1초도 헛되이 할 수 없었다.

그렇기에 나는 다리에 더욱 힘을 주면서 속도를 높였―.

"잠깐! 토모야 너, 나를 두고 가려는 거지?! 그렇게 타인을 배려하지 않으니까 오타쿠의 사회적 지위가 향상되지 않는 거야! 이 제멋대로 인간아!"

"상대에게 경의를 표하지 않는 너의 그 고압적인 태도야말로 오타쿠의 사회적 지위를 저해시키고 있다고. 이 콧대 높은 여자야……."

잠시 후, 방금 전부터 아무 말 없이 자전거를 밀던 에리리가 결국 죽는 소리를 했다.

그 결과…….

탐정 언덕 중턱부터는 내가 자전거를 밀면서 올라가게 됐다.

이게 싫어서 나는 자전거를 이용하지 않지만, 에리리는 매일 아침 『여자애를 위한 5분』을 벌기 위해 집에 귀가할 때 이 고생을 해가면서도 자전거로 근처 역까지 이동했다.

"그런데 좀 전부터 나를 무시하고 있는 줄 알았는데……."

"무시하고 있었어."

"야, 인마……."

좀 전부터 다스ㅇ이더……가 아니라 사와무라 스ㅇ이워커 에리리(열일곱 가지 별명 중 하나……가 아님)의 목소리는 꽤나 다크했다. BGM으로 임페ㅇ얼 마치를 틀어도 될 레벨이었다.

뭐, 아무튼 카페에서 나온 30분 전부터, 이 녀석이 스텔스 성능을 필사적으로 발휘하면서 아무 말 없이 내 주변을 어슬렁거린 것은 분명했다.

"왜 그렇게 화가 난 거야?"

"화 안 났어."

"내 입장에서 한번 생각해봐. 3년 만에 멀리 이사 갔던 친구가 돌아왔다고. 기뻐하는 게 당연한 거 아냐?"

"화 안 났다니까 그러네. 너, 자의식 과잉이지? 착각도 작작 좀 하란 말이야."

"그래? 뭐, 그럼 됐어."

"자기한테 유리하게 해석해놓고 멋대로 안심하는 태도도 정말 최악이라니깐."

"대체 화가 난 거야 안 난 거야?!"

이 녀석, 오늘 왜 이러는 거야? 평소보다 더, 그야말로 불같이 화를 내고 있잖아!

나는 방금 전까지 의도적으로 쳐다보지 않았던 에리리의 얼굴을 향해 고개를 돌렸다. 그러자 평소와 마찬가지로, 아니, 평소보다 더, 짜증이란 짜증을 전부 모아 바짝 졸이기라도 한 듯한 표정을 짓고 있는 에리리가 눈에 들어왔다.

이 녀석의 태도 자체는 정말 이해하기 쉽다니깐.

그런 태도를 취하는 원인을 찾는 건 옛날이나 지금이나 골치 아플 정도로 어렵지만 말이야.

"『리틀랩』이라면……."

"……명작이지?"

"하지만, 그건……."

"『리틀러브·랩소디』는 주식회사 소나의 등록 상표야. 그 이상도 그 이하도 아니잖아?"

"토, 토모야!"

평소보다 더 짜증 난 듯한 표정을 짓고 있던 에리리가, 평소보다 더 화가 난 듯한 표정을 지으려 한 바로 그 순간…….

"두 사람 다 오래간만이야."

남자치고는 미묘하게 새되면서도 맑은 목소리가 언덕 위쪽에서 들려왔다.

제2장

폭풍을 부르는 재회(주: 지금은 날씨가 쾌청합니다)

"두 사람 다 오래간만이야."

남자치고는 미묘하게 새되면서도 맑은 목소리가 언덕 위쪽에서 들려왔다.

"내가 무슨 말실수라도 한 거야?"

"다 알면서…… 내가 무슨 말 하고 싶은 건지 다 알면서……!"

"그런 일로 에리리에게 한 소리 들을 이유는 없다고 생각하는데?"

"대체 언제까지 그 일로 꽁해 있을 건데?! 남자 주제에 그런 사소한 일에 너무 집착하는 거 아냐?!"

"사소한 일에 집착해야 진정한 오타쿠라고 할 수 있지 않겠어? 너야말로 대체 무슨 소리를 하는 거야?"

"그럼! 왜 이제 와서 나에게……."

"……점잖게 말을 건 상대를 무시하는 건 오타쿠든 일반인이든 매너 위반일 것 같은데?"

남자치고는 미묘하게 새되면서도 맑은 목소리는 언덕 아래편에 있는 우리에게도 들릴 만큼 커졌다.

"미안하지만 지금은 바쁘니까 나중에 이야기하자, 이오리."

……이대로 아무 말 없이 지나가게 해줬다면 서로의 기분이 나빠지지 않았을 것이다.

"3년 만에 다시 만난 건데 너무 차가운 거 아냐? 토모야군."

"나를 『군』이라는 호칭을 붙여서 부르지 말라고 몇 번이나 말했을 텐데?"

어쩔 수 없이 멈춰선 나는 짜증 섞인 표정을 지으며 상대를 쳐다보았다.

에리리도 멈춰서기는 했지만 상대를 돌아보지도, 언짢음으로 가득 찬 표정을 풀지도 않았다. 상대를 완벽하게 무시할 생각인 것 같았다.

3년 만에 재회한 동급생에게 너무 차가운 거 아냐…… 라고 나는 생각했다. 방금 전까지 내가 취했던 태도는 제쳐놓으면서 말이다.

"자, 그럼…… 두 사람 다 오래간만이야."

"딱히 중요한 것도 아니니까 똑같은 말을 두 번이나 말하지 마."

이즈미에게 "오빠."라고 불리는 부러운 남자, 하시마 이오리는 입술 가장자리를 말아 올리더니, 아마 본인은 사심 따위는 전혀 느껴지지 않는다고 생각할 법한 미소를 지었다.

그는 3년 전과 마찬가지로 웨이브파마와 갈색 머리카락을 유지하고 있었다.

……그러고 보니 저 상태로 중학교를 다녔다니, 정말 엄청난걸. 이 녀석도 이 녀석이지만, 우리가 다닌 중학교의 자유로운 교풍(校風)도 말이야.

정말 이런 날라리 같은 오빠 밑에서 이즈미가 올바른 오타쿠로 자란 것은 그야말로 기적 같은 일이라는 생각이 들었다.

"그런데, 왜 우리를 찾아온 거야?"

"이달부터 아버지의 회사 사정으로 도쿄로 돌아오게 되었거든. 그래서 인사나 할까 해서 말이야."

"일부러 돌아올 필요는 없지 않아? 맛있다고 소문난 나고야 음식이나 즐기면서 거기서 지내지 그랬어."

"그렇게 맛있지도 않아. 된장 조림 우동은 면이 딱딱하고, 키시멘#2은 면이 너무 납작해서 씹는 맛을 즐길 수가 없어. 된장 돈가스는 소스에 치중한 나머지 고기가 평범하고,

#2 키시멘(きしめん) 가늘고 납작하게 만든 국수.

장어덮밥도 마찬가지라서 장어 자체를 즐기기에는 역부족이야. 새우튀김 주먹밥 또한 말 그대로 새우튀김과 주먹밥을 합쳤을 뿐이라 신선미는 전무했어. 대만 라멘은 이름만 봐도 알 수 있듯 나고야 본연의 맛을 전혀 느낄 수가 없지……. 굳이 평가할 만한 음식을 꼽자면 정크 푸드인 닭날개 튀김과 스가ㅇ야 라멘 정도야. 아, 스가ㅇ야 중에서도 된장 조림 맛 봉지면은 그나마 괜찮지."

"엄청 즐겨댄 것 같네!"

비판성 멘트를 들었을 뿐인데도 엄청 먹고 싶어졌다.

옆에 있는 에리리가 군침을 삼키는 소리도 들렸다.

"게다가 치명적인 건 나고야에서는 간토 지역에서처럼 대형 즉매회가 열리지 않는다는 점이지……. 내 진정한 능력을 발휘할 수 없는 지방에 갇혀 지낸 이 3년은 나에게 있어 고통 그 자체였어."

"이오리……."

그렇다. 내가 이 녀석과 마음이 맞지 않는 것은 사는 세계가 다르기 때문이 아니다.

날라리에 미남에 리얼충에, 만날 때마다 다른 여자를 옆에 끼고 있다고 해도…… 아아, 진짜 짜증 나는 녀석이네! 확 죽어버려!

……같은 생각을 하며 질투는 할지언정 무시해버리고 싶을 만큼 싫어하지는 않을 것이다. 질투는 할지라도!

"뭐, 아키하바라에서 발매 당일에 순살(瞬殺)당한 책이나 게임을 오스 상점가 같은 데 가면 여유롭게 살 수 있다는 점은 마음에 들었지만 말이야. 되팔이로 짭짤하게 벌기도 했고."

"……역시 마음껏 즐긴 거 맞지?"

내가 이 녀석과 맞지 않는 이유는…… 사는 세계가 같은데도 불구하고 사는 방식이 전혀 다르기 때문이다.

인간이 진정으로 증오하는 것은 외국에 있는 흉악범이 아니라 분위기 파악 못 하는 이웃 사람이잖아?

"아무튼 그래서 만반의 준비 끝에 개선한 거야. ……그리고 내 개선 무대는 여름 코믹마켓이 되겠지."

"……너도 서클 참가 하는 거냐?"

"물론이지……. 한여름의 뜨거운 사흘 동안, 이번에는 얼마나 많은 명함과 메일 주소와 책과 굿즈와 돈을 손에 넣을 수 있을 것인가. 벌써부터 가슴이 뛰는걸."

"이오리 너, 아직도 그딴 짓을 하는 거냐?"

"관둘 이유가 없잖아?"

"똑같은 말 몇 번이나 하게 하지 마……. 나는 너의 그런 점이 마음에 안 든다고!"

그렇다. 이 녀석의 능력은 이벤트가 크면 클수록, 그 이벤트에 모인 작가가 거물이면 거물일수록 크게 발휘된다.

하시마 이오리……. 그의 본질은 화려한 겉모습과는 동떨어진, 나를 능가할 정도의 초(超) 오타쿠인 것이다.

그리고 나와는 정반대되는 존재인…… 동인 파락호이다.

그와는 중학교 1학년, 봄에 알고 지내게 되었다.

같은 교실에서 처음 얼굴을 마주한 날, 서로에게서 자신과 같은 냄새가 난다는 사실을 안 우리는 그날 하굣길에 몇십 분 동안 이야기를 나눴을 뿐인데 서로의 절친이 되었다.

이오리는 중학교 1학년인데도 불구하고 지금의 나조차도 비교가 되지 않을 만큼 뛰어난 엘리트 오타쿠였다.

지식 면에서도, 수비 범위 면에서도, 아이템 소지 수에서도, 중학생뿐만 아니라 웬만한 어른들조차 범접하지 못할 수준이었다. 그야말로 엄청난 녀석이었던 것이다.

그리고 그해 여름, 그와 함께 코믹마켓에 간 나는 이오리가 얼마나 엄청난 녀석인지 다시 한 번 깨달았다.

이 녀석은 거물 동인 작가는 물론이고 상업 쪽에서도 유명한 만화가, 애니메이터, 그리고 감독이나 사장 같은 직함을 가진 거물들과도 알고 지냈다. 그뿐만 아니라 처음 만나는 거물들에게도 친근하게 말을 걸어 상대의 마음에 드는 특수 대인(對人) 스킬을 지녔다.

그는 이 이벤트에 온 대부분의 어른들이 알고 있는, 동인 업계의 슈퍼 초등학생(이 드디어 중학생이 되었다)으로 알려진 존재였던 것이다…….

나는 엄청난 거물이자, 중학교에 들어와서 처음으로 생긴 오타쿠 동료인 이오리에게 더욱 빠져들었고—.

1년 후, 그의 본질을 눈치채고는 거리를 두게 되었다.

"토모야 군이야말로 아직도 그런 풋내 나는 소리를 하는구나……. 정말 유감인걸. 이래 봬도 나는 너를 여전히 인정하고 있는데 말이야."

"그러냐."

방금 그 말은 거짓말도, 함정도, 입 발린 소리도 아닐 것이다.

이오리는 자신에게 아무런 이득도 되지 않는 상대를 일부러 만나러 올 만큼 한가한 녀석이 아니다.

그야말로, 쓸모 있는 인간과 쓸모없는 인간을 철저하게 구별하는 것이다.

중학생 시절에 내가 그 사실을 바로 눈치채지 못했던 것은, 내가 이 녀석에게 선택받은 인간이었기 때문이다.

"나의 교섭 능력과 인맥, 정치력에 너의 발상과 정열, 행동력이 더해진다면 동인 업계를 좌지우지하는 것도 꿈은 아니라고 생각하는데 말이야."

"그렇게 좌지우지하고 싶으면 코믹마켓 준비회에나 들어가라고."

그렇다. 이것이 이오리의 본질이다.

이 녀석이 동인 활동을 하는 것은 좋아하는 작품을 즐기고 싶거나 널리 알리고 싶어서가 아니다.

그저 인기 있는 작품을 이용해 자신의 지위를 향상시키고 싶을 뿐이다.

그 작품에 대한 애정이 존재하지 않는 것은 아니지만, 그는 그 작품들을 주저 없이 돈벌이나 인맥 형성 수단으로 썼다.

"우리 같은 유저는 작품만 사랑하면 되잖아? 스태프들과 개인적으로 친해질 필요 따위는 없다고!"

나는 여전히 가벼운 미소를 짓고 있는 이오리에게, 혼이 담긴 뜨거운 목소리로 말했다.

"······카스미가오카 우타하 건에 대해서는 뭐라고 설명할 건데?"

그리고 등 뒤에 있는 금발이 나에게만 들릴 만큼 작은 목소리로 날린 반격을 정통으로 맞았지만, 지금은 그녀의 딴죽에 대응할 여유가 없었다.

"친해지면 나한테도 관록이 붙을 거잖아. 그리고 어쩌면 나를 위해 특별히 편의를 봐줄지도 모르지. 신작 일러스트를 받으면 어떨 것 같아? 그건 커다란 자산이야. 좀 묵혀두면 가격이 천정부지로 치솟겠지. 혹은 다른 거물을 낚을 미끼로 쓸 수도 있을 거야. 완전 최고 아냐?"

"사욕으로 가득 찬 눈길로 작가들을 쳐다보지 마! 부정 탄다고!"

아마 이오리는 나를 도발하고 있는 것이리라.

이런 최악의 재회조차도 그는 여유롭게 받아들이고 있었

다.

"팬이라는 존재는 항상 소극적이어야 한다고!"

하지만 나에게는 그런 여유가 없다. 아니, 필요 없다.

"메일을 보내더라도 답장을 기대해선 안 돼. 이벤트나 라이브에 빠짐없이 갔더라도 친근하게 말을 걸어서도 안 돼. 상대가 친근하게 대해주더라도 절대 착각해선 안 돼. 고가의 선물 같은 건 어불성설이야. 지인이나 친구, 혹은 그 이상의 존재가 되려 하는 건 어리석기 그지없는 짓이라고. 언제나 작품을 즐기면서, 책과 기타 상품을 사는 것만으로 만족해야 해. 나는 그런 팬이 되고 싶단 말이야……!"

그렇다. 그런 팬이냐 아니냐는 중요하지 않다.

항상 그런 팬이 되려 하는 스피리츠가 중요한 것이다!

"……단순한 동족혐오 같은데?"

"ERYYYYYY!!!"

또 등 뒤에서 날아온 스탠드 공격을 받은 나는 열일곱 가지 별명 중 하나를 구사해 반격했다.

"이오리, 네 방식은 잘못됐어."

일단 제삼자가 날려대는 골치 아픈 딴죽은 무시하기로 한 나는 이오리에게 다가가면서 말했다.

……그러고 보니 이벤트가 열린 행사장에서 이 녀석과 말다툼을 벌였다가 모 장르의 팬으로 보이는 여자들에게서

뜨거운 시선을 받고 미묘한 기분을 맛본 적이 있었지.

아, 지금은 그런 지나간 일들을 떠올릴 때가 아니지. 본론에 집중하자고.

"장래에 이쪽 업계에서 일할 생각이라면 그런 사고방식도 허용된다고 생각해. 어쩌면 너의 그런 행동을 통해 멋진 작품이 탄생할지도 모르지. 하지만 말이야. 우리는 아직 고등학생이잖아?"

그렇다. 이오리가 하는 일은 우리 같은 어린애들에게 주어진 영역을 크게 벗어나고 있었다.

그렇기에 분명 어딘가에 비틀림이 존재할 것이다.

"나는 딱히 법에 저촉되는 짓을 하지는 않는데?"

"그럼 왜 이즈미에게 자신이 어떤 일을 하는지 밝히지 않는 건데!"

그 순간, 이오리는 그 자리에서 딱딱하게 굳어버렸다.

입가에 맺힌 미소가 사라지지는 않았지만, 이오리는 방금 내가 한 말에 반응을 보였다.

"그건 자신이 하고 있는 짓을 수치스럽게 여기기 때문이지? 안 그래?! 이오리!"

그렇다. 이즈미는 모른다.

이오리의 정체도, 권력도, 그리고 우리가 결별했다는 사실도……

『내가 하는 짓을 여동생에게는 말하지 말아주겠어? 오빠로서의 체면을 지키고 싶거든.』

그것은 내가 처음 하시마 가(家)에 갔을 때, 이오리와 둘이서 나눈 유일한 약속이다.

"네가 이즈미를 이쪽 길로 끌어들였을 때는 좀 당황했어……."

이즈미가 오타쿠에 눈뜬 후에도, 우리가 결별한 후에도, 이 비밀만큼은 계속 지켜왔다.

그래서 이즈미는 아직도 이오리를 『이성에게 인기 많게 생겼지만, 오타쿠인 점이 옥에 티인 오빠』 정도로 여기고 있었다.

"하지만 이제는 이즈미에게 밝혀도 상관없어."

"뭐?!"

하지만 이오리는 우리 사이에 남은 마지막 유대조차도, 인쇄소가 처음 제시한 마감처럼 가볍게 여겼다.

"이쪽 세계의 이즈미는 나와 아무런 상관도 없거든."

"……그게 무슨 소리야?"

"뭐, 가족으로서는 소중하지만, 동인 작가로서는 좀……."

"뭐……."

이번 여름 코믹마켓에서 이즈미의 부스가 있는 곳은 『동관 호04a』…….

그곳은 벽서클#3도, 가짜 벽서클도, 생일파티 상석(上席) 자리도 아니다. 그야말로 일반석인 것이다.

기본적으로 그곳은 팔리느냐 안 팔리느냐를 떠나, 특정 장르를 좋아하는 사람들이 모이는 교류의 장이다.

이오리 녀석, 친 여동생조차도 그런 관점에서 보는 거냐……

"자, 그럼 이만 돌아가겠어. 오늘은 단순히 인사만 하러 왔을 뿐이거든."

"그러냐……"

악마는…… 아니, 하시마 이오리는 그렇게 말하면서 미소 지었다.

방금 전까지와 마찬가지로 가볍고, 메말랐으며, 감정이 전혀 묻어나지 않는 미소였다.

"뭐, 어차피 머지않아 오타쿠 쇼핑…… 서로에게 어울리는 무대 위에서 대결하는 날이 오겠지."

"무슨 소리 하는 거야. 코믹마켓에서 너를 봐도 절대 아는 척 안 할 거라고."

그렇다. 결국 우리는 서로를 이해하지 못했다.

그러니, 이제……

"참, 들었어. 네 동인 게임 서클에 관한 이야기…… 치트

#3 벽서클(壁サ—クル) 벽 바로 앞에 있는 부스를 차지한 서클. 뒤편이 벽이라 장식을 할 수 있으며, 인기 서클들이 주로 벽 부스를 차지하기 때문에 인기 서클을 가리키는 척도로도 쓰인다.

급 원화가와 시나리오라이터를 보유한 드림팀이라면서?"

"……잠깐. 어째서 네가 그걸 알고 있는 거야?!"

내가 맛보고 있던 감상적인 기분은 이오리의 한마디에 의해 간단히 파괴되고 말았다.

참고로 말하자면, 내 뒤편에 서 있는 에리리 또한 숨을 삼켰다.

"정말 대단해. 토모야 군. 이래서 나는 너한테서 눈을 떼지 못하는 거야. 항상 남들이 상상조차 하지 못한 재미있는 아이디어를 생각해내지……. 그런 점에 있어서는 나조차도 네 발치에 미치지 못할 거야."

"그러니까, 대체 누구에게 그 이야기를 들은 거냐고!"

아무도 알 리 없는 비밀을 알고 있다……. 이 경이적인 정보 수집력이야말로 내가 이 녀석에게 미치지 못하는 점이다.

"하지만 유감이야. 그 아이디어는 나에게 방해가 되거든……. 역시 너와 나는 운명에 희롱당하며, 서로에게 애증을 퍼붓게 될 관계인 것 같군."

"어이, 우리가 서로에게 퍼부을 건 증오뿐이야."

특정 장르의 여자들이 좋아할 만한 사랑 같은 건 필요 없다고…….

"정말 너의 그 선견지명에는 감탄을 금할 수 없어……. 너야말로 현대의 히카루 겐지#4야."

#4 히카루 겐지(光源氏) 11세기 초 일본 여류 작가가 쓴 장편 소설의 주인공.

"그건 칭찬이 아니거든?"

칭찬과 거리가 멀 뿐만 아니라 오타쿠들에게 있어서는 로리콤으로 인식되는 존재에 비유된 탓에 동요한 내 등 뒤에는—.

"하시마…… 설마, 너……."

"에리리?"

어찌된 영문인지 나보다 더 동요한 녀석이 있었다.

……내가 로리콤으로 오해받은 게 그렇게 충격인 걸까?

"그래. 너한테 오퍼를 넣은 사람은 바로 나야. 하지만 본명을 밝히지 않고 핸들 네임으로 메일을 보내는 건 이쪽 세계에서는 기본이잖아? 카시와기 선생님."

……아무래도 전혀 다른 이유 때문인 것 같았다. 다행이야.

아니, 다행이 아니지…….

"……이오리 너, 카시와기 에리가 에리리라는 걸 알고 있었던 거야?"

이오리의 경이적인 정보 수집력은 상상을 초월할 정도였다.

한 번도 자신의 부스에 얼굴을 내민 적이 없는 작가의 정체를 대체 어떻게 알아내는 거야?

"네가 발굴해서 키웠잖아? 저기 있는 아가씨를 말이야. 그것도 그녀가 초등학생일 때부터."

"잠깐! 그때는 나도 초등학생이었으니까 로리콤이 아니라고!"

"잠깐, 토모야! 왜 하필 로리콤인 걸 부정하는 건데?!"

체형 외에는 로리틱한 부분이 없는 복면 동인 작가는 평소와 마찬가지로 적, 아군 가리지 않고 물어뜯어 댔다.

"내 말 좀 들어봐, 하시마! 그건 오해야! 나는 그림에도 문장에도 소질이 없는, 크리에이터로서는 아무짝에도 쓸모없는 인간에게 키워진 적……!"

"실제로 그렇다고 해도, 그렇게까지 토모야 군을 깎아내릴 필요는 없을 것 같은데 말이야."

그리고 적보다 아군에게 더 인정사정없는 것도 좀 문제 아냐?

"일단 토모야 군에게도 사실대로 말해두는 편이 좋겠지. ……너희 서클의 원화가에게 『rouge en rouge』에서도 오퍼를 넣었어."

"『rouge en rouge』……?"

우리의 말다툼을 깔끔하게 무시한 이오리는 호주머니에서 명함을 꺼내 나와 에리리에게 억지로 쥐여줬다.

"실은 우리 서클도 이번 겨울 코믹마켓 때 미소녀 게임을 낼 생각이거든. 그래서 원화가를 찾는 중이야."

"우리 서클, 이라면 너……."

"응. 내가 이끌고 있는…… 뭐, 선대(先代)에게서 물려받아 내가 대충대충 운영하고 있는 서클 말이야."

동인 파락호들은 자기 과시 욕구가 강하기 때문에 명함

같은 걸 만드는 걸 좋아한다니깐…… 하고 나는 투덜댔다. 하지만 이오리가 방금 한 말에는 나 같은 약소 서클 대표를 경악하게 만들고도 남을 정도의 정보가 담겨 있었다.

『rouge en rouge』…….

코믹마켓에 관심이 있는 사람이라면 누구나 아는, 그리고 10년 전부터 셔터 앞 배치를 놓친 적이 없는 괴물 서클.

장르도, 판매물도, 작가도 천차만별이며, 책, 게임, 음악 CD. 일반물, 성인물. 2차 창작, 오리지널을 가리지 않고 다룬다. ……그러면서도 팬을 질리게 하지도, 그리고 시류(時流)에서 벗어나지도 않는 그 서클은 어느새 기업이라 해도 과언이 아닐 정도의 거대 조직으로 성장했다.

서클의 창설자는 단행본을 낼 때마다 대 히트를 쳤을 뿐만 아니라, 애니메이션화 작품도 몇 개나 가지고 있는 초 인기 만화가 겸 원작자, 코사카 아카네…….

그렇다. 처음 갔던 코믹마켓에서 이오리가 나에게 소개해 줬던 인물들 중에서도 나를 가장 긴장하게 한 유명인이다.

그 시절부터 이 녀석은 그녀에게 귀여움 받고 있었다. 그리고 어느새 서클을 물려받기까지…….

"왜…… 왜 남의 서클의 멤버를 빼앗아 가려는 건데?!"

에리리를 다O베이더 취급이나 하고 있을 때가 아니다.

"왜 우리처럼, 단순히 취미 삼아 활동하는 서클을 박살내려 하는 거냐고!"

시O의 다크 로드까지 튀어나올 줄 누가 알았겠냐고.

"이유를 가르쳐줄까? 나는 네 눈을 믿어. 코사카 아카네가 떠난 우리 서클 멤버들의 눈보다 네 눈을 훨씬 신용하지."

지금도 그렇게 잘 나가면서, 더욱 높은 고지에 올라갈 생각인 거냐?

그것도 에리리를 이용해서…….

"그리고 토모야 군은 자기 자신을 과소평가하고 있는 것 같네."

"뭐……?"

"카시와기 에리와 카스미 우타코의 게임이 나온다……. 그게 수많은 이들에게 엄청난 임팩트를 안겨줄 것이라는 사실을 눈치채지 못한 것은 아닐 텐데?"

"그, 건……."

"너는 그런 기획의 프로듀서야. 업계 전체를 뒤흔들려 하는 주모자라고."

내가 만들고 싶은 것은 봄에 만난 존재감 없는 한 소녀를 히로인으로 삼은 작품이다.

그리고 알고 지내는 작가와 원화가에게 협력을 요청하다 보니 멤버 구성이 이렇게 되었을 뿐이다.

하지만 세상은 나의 개인적 사정 따위는 전혀 신경 쓰지 않으리라.

"잊지 마, 토모야 군……. 네가 아무리 고양이의 탈을 쓰고 있더라도, 너는 나와 마찬가지로 호랑이야."

이오리의 가벼운 미소에서는 인정미 같은 것은 전혀 느껴지지 않았다.

그의 말투는 온화했지만, 그의 말 한 마디 한 마디는 인정사정없이 내 폐부에 꽂혔다.

"우리는 결국 토라노아나#5에서 길러진 타이거 오타쿠야."

"나는 너와 달라! 나는 너처럼 비틀린 마음으로 위로 올라갈 생각은 없단 말이야!"

팔리기만 하면 된다, 인기만 있으면 된다, 같은 생각을 나는 도저히 할 수 없다.

"아니, 같아. 그 증거로, 나나 너나 크리에이터로서의 재능은 눈곱만큼도 없어. 하지만 오타쿠 업계에서 위로 올라가려 하고 있지. 그런 이들이 동인 파락호가 아니면 뭐겠어?"

"큭……."

그런 생각은 추호도 하고 있지 않은데도, 나는 이오리의 말에 반박할 수가 없었다.

확고한 신념을 가지고, 이오리가 한 말을 부정할 수가 없었다.

"오래간만의 승부네, 토모야 군……."

#5 토라노아나(とらのあな) 동인지를 비롯한 만화 관련 상품 등을 판매하는 동인 샵.

"이오리……."

"네가 만든 서클이 카시와기 에리를 안고 갈 자격이 있는 지, 혹은 내 『rouge en rouge』야말로 그녀를 더욱 빛나게 해줄 수 있는지, 이 승부를 통해 확인해보자."

여름 코믹마켓을 몇 주 앞둔 7월 하순…….

아직 출항조차 하지 않은 우리 서클은 예상조차 하지 못 한 여름 태풍에 휘말려 들어가고 있었다.

제3장

스토리가 막히면 주인공을 얼간이로 만들어라

"안녕~."

"오~. 어서 와, 카토. 일단 좀 앉아."

"응. 실례하겠습니다~."

시간은 흘러, 드디어 8월 첫째 주가 되었다.

매미 울음소리도, 그리고 그 울음소리를 촉진시키는 햇빛과 열기도 점점 더 격렬해지고 있는 오후 두 시.

바다나 풀장 같은 곳에 가서 리얼충 이벤트를 경험해도 이상하지 않을 시기에 카토가 찾은 곳은 에어컨이 있기는 하지만 여름에 여자애가 찾을 곳과는 한참 거리가 먼 장소였다.

……바로 내 방이다.

결국, 여름 방학 기간 동안 서클 활동의 거점은 여러모로 이용하기 편한 아키 가(家)로 정해졌다.

"사와무라 양, 오래간만~."

"응……."

이것으로 우리 집에 두 번째 방문한 카토는 외간 남자의 방에 들어왔는데도 여전히 눈곱만큼도 긴장하지 않았다. 그리고 그녀는 먼저 이 방에 와서 작업에 열중하고 있는 손님과 친근하게 인사를 나눴다.

……뭐, 그 손님은 이곳이 아예 자기 방인 양 행동하고 있었지만, 그 점에 대해서는 이제 지적할 마음도 생기지 않았다.

당연하다는 듯이 체육복 차림으로 우리 집에 온 에리리는 내 책상을 점거한 채 부스스한 머리카락을 흔들며 원고와 사투 중이었다.

그에 반해 카토는 끝자락이 약간 짧아 보이는 크림색 원피스(튜닉이라고 하던가?)와 핫팬츠를 입고, 머리에는 귀여운 밀짚모자를 쓰고 있었다.

뭐, 두 사람 중 어느 쪽이 오늘의 로케이션 장소 및 목적과 부합되지 않는 패션을 하고 있는지에 관해서는 사람에 따라 의견이 갈릴 것 같았다…….

그리고 마지막 멤버인 우타하 선배는 오늘 불참하기로 했다.

시나리오는 메일로 보낸 데다 진척 상황도 매우 순조로우니, 이 좁은 방을 더욱 비좁게 만들 필요는 없다고 판단한 것 같았다.

하지만 전화로 나에게 연락한 우타하 선배가 한 말이 마음에 걸렸다.

『윤리 군과 단둘이 있을 수 있다면 갔을 거야.』

저기, 선배. 그 상태에서는 제대로 된 서클 활동을 할 수 없을 것 같은데요……?

뭐, 아무튼 그래서 오늘은 셋이서 서클 활동을 하게 됐다.

활동 내용은 그래픽 관련…… 메인 히로인 디자인의 최종 마무리와 게임 키비주얼에 관한 구도(構圖) 결정이 메인이다.

"와아. 사와무라 양, 엄청 열심이네……. 어디 어디."

"아, 카토. 그쪽은 안 보는 편이……."

그럴 예정이었지만…….

"꺄아아아아아~?!"

"그래서 보지 말라고 한 건데……."

내가 제지했는데도 불구하고 아직 모자이크를 넣지 않은 무수정 데생을 본 카토는 손으로 얼굴을 가리더니 손가락 사이의 틈을 통해 그 그림을 뚫어져라 쳐다보았다.

참고로 그녀가 본 그림은, 체육 창고에서 꼼짝도 못하게 결박당한 체육복 차림의 여자애가 다수의 남자들의 몸에서 나온 우유 빛깔 액체를 뒤집어쓰고 있는 장면이었다.

"자, 잠깐만! 나, 옷 벗어야 한다는 이야기는 못 들었다구!"

"안심해, 카토. 이건 게임용 원화가 아냐. 여름 코믹마켓용 원고야."

"아, 그렇구나. 다행……인 거야?"

능욕당하고 있는 여자애가 자신(이 모델)이 아니라는 사실을 알고 카토는 마음을 진정시켰지만, 여전히 원고에서 눈을 떼지 못했다.

한편, 에리리가 그리는 여자애는 지난 분기에 방영한 애니메이션 『그 눈의 프리즘』이라는 작품의 메인 히로인인 아마메 우이다.

일전에 에리리는 서브 히로인인 미기와 마리코의 염장 러브 동인지를 낸 적이 있다. 그리고 이번 여름 코믹마켓 신간을 통해 자신의 마음속에 존재하는 『그 눈의 프리즘』이라는 작품을 완전히 소화해버릴 작정인 것 같았다. ……두 히로인의 취급이 하늘과 땅만큼 차이 나잖아.

"미안, 카토 양. 오늘 아침까지 죽도록 달렸는데 아직 못 끝냈어. 스케줄상 좀 서둘러야 하거든. ……금방 끝나니까 조금만 기다려줘."

"아, 나는 딱히……."

"토모야! 최종 페이지의 펜 작업 끝났으니까 스캔해줘!"

"알았어! 그리고 완성본 줄 테니까 최종 체크 부탁해."

"……그러고 보니 아키 군도 당연하다는 듯이 어시스턴트를 하고 있네."

카토가 별 생각 없이 한 비판이 카토 본인도 모르는 사이에 내 마음에 깊은 상처를 남겼다는 것은 일단 제쳐놓고―.

뭐, 사태가 이렇게 된 것에 대해서는 서클 대표인 나에게도 책임이 있다.

아무리 멤버 집합 직전까지 이런 상황을 몰랐다고 해도, 원래라면 에리리를 설득해서 당초의 약속대로 여름 코믹마켓 원고보다 서클 활동을 우선하게 했어야 할 것이다.

하지만 지금은 에리리의 여름 코믹마켓용 원고 작업이 차질을 빚게 할 수는 없다.

에리리를 위해서가 아니라, 우리 서클을 위해서 말이다…….

『오래간만의 승부네, 토모야 군…….』

『네가 만든 서클이 카시와기 에리를 안고 갈 자격이 있는지, 혹은 내『rouge en rouge』야말로 그녀를 더욱 빛나게 해줄 수 있는지, 이 승부를 통해 확인해보자.』

그때는 이오리가 무슨 말을 하는 것인지 감이 오지 않았다.

하지만 그 후, 얼마 지나지 않아 손에 넣은 코믹마켓 카탈로그에 실린 서클 배치를 본 순간, 바로 이해가 되었다.

카시와기 에리가 이끄는『egoistic lily』의 부스는 3일 차, 동관 A27b에 배치되었다.

그리고 하시마 이오리가 이끄는『rouge en rouge』의 부스는 3일 차, 동관 A28ab에 배치된 것이다.

즉, 그 두 서클은 이웃사촌이 되었다. 그리고 양쪽 다 벽에 배치되면서 인기 서클 취급을 받았다.

하지만 그렇다고 해서 두 서클이 동등하다고 볼 수는 없었다.

게다가 그 배치에서는 인기 서클과 초 인기 서클 사이에 존재하는, 메울 길 없는 격차가 희미하게 드러나고 있었다.

『rouge en rouge』의 동관 A28은 벽 배치 서클 중에서도 극히 일부에게만 주어지는 셔터 앞 부스인 것이다.

이곳에 배치된 서클의 아이템을 사기 위해서는 행사장 밖으로 나가서 줄을 서야만 한다.

왜 그래야 하는가? 그것은 바로 구매 행렬이 무지막지하게 길게 뻗기 때문이다.

……이오리 녀석은 에리리와 자신의 부스가 어디에 배치되는지 알고 있었다. 그래서 승부라는 말을 쓴 것이다.

이오리는 이번 여름 코믹마켓에서 자신과 에리리의 서클이 인기 면에서 얼마나 차이가 나는지 역력하게 보여줘서 이쪽의 마음을 꺾어버릴 심산인 것 같았다.

"토모야. 인쇄소에 연락을⋯⋯."

"그건 내가 할 테니까 너는 후기를 써."

"응⋯⋯ 고마워."

그러니까 이번만큼은 에리리의 여름 코믹마켓용 원고 작업의 우선도를 낮출 수 없다.

이것도 우리 서클 활동의 일환이라고 할 수 있으니까 말이다.

뭐, 그러니까 에리리는 이대로 원고 작업에 몰두하게 하면 되겠지만—.

"저기, 카토. 미안하지만 이쪽 작업이 끝날 때까지 게임이라도 하고 있어."

그 여파로 할 일이 없는 멤버가 한 명 생긴다는 문제가 발생했다.

"왠지 아키 군의 집에 올 때마다 이렇게 되네. 뭐, 딱히 상관없지만 말이야."

하지만 카토는 이 문제 또한 평소와 마찬가지로 담담하게 받아들였다.

나는 저렇게 말해주는 카토가 눈물이 날 정도로 고마웠다. 지금 작업하고 있는 책이 완성되면 한 권 증정⋯⋯ 아, 그건 안 되겠네. 남성향 성인 동인지니까 말이야.

"그럼 어떤 게임을 할래? 역시 전에 했던 게임을 계속할래? 이번에는 숨겨진 캐릭터인 이○인을 공략—."

"아. 나, 실은 해보고 싶은 게임이 있는데, 그걸 하면 안 될까?"

"……당연히 되지!"

카토의 뜻밖의 발언을 들은 나는 방금 포획한 생물이 잡아먹을 수 있는 거라는 사실을 안 스○이크처럼 기뻐했다.

"자아, 카토. 네가 해보고 싶은 게임이 뭐야? 여기는 미소녀 게임 파라다이스. 동서고금의 각양각색의 히로인이 네 고백을 마음 졸이며 기다리고 있다고!"

"아~. 그래도 오늘은 내 플레이에 참견하지 마. 사와무라 양의 원고가 우선이잖아."

"알았어……."

그리고 카토의 뜻밖의 정론(正論)을 들은 나는 방금 포획한 생물이 잡아먹을 수 없는 거라는 사실을 안 오오츠카 아○오처럼 힘없는 목소리로 대답했다.

"그리고 내가 해보고 싶은 게임은…… 『리틀러브·랩소디 3』야. 아키 군, 가지고 있어?"

"아……."

"아……."

카토가 뜻밖의 게임을 리퀘스트하자, 나와 에리리는 똑같은 반응을 보였다.

"카, 카토. 『리틀랩3』라면……."

"응. 이즈미가 말했던 게임 말이야. 그 애, 그 게임에 대해서 아키 군처럼 엄청 즐겁게 이야기했었잖아? 그래서 조금 흥미가 생겼어."

"그, 그랬구나……."

독기가 빠진 나는 O네이크(성우 : 오오O카 아키오) 같지 않은 반응을 보일 수밖에 없었다.

뭐, 카토의 리퀘스트 자체는 꽤 타당했다.

그리고 지금의 우리에게 있어 가장 물오른 게임이기도 했다.

하지만…….

"실은 말이야. 아직 『3』를 안 샀어."

"그렇구나. 하긴, 미소녀 게임이 아니라 여성향 게임이니까 아키 군이 안 가지고 있는 것도 무리는 아니겠네."

"『1』과 『2』는 있는데……."

"아, 그럼 『1』을 해볼래. 어차피 할 거면 시리즈 1탄부터 해보는 편이 좋겠지?"

카토에게서 눈을 뗀 나는 내 책상 쪽을 힐끔 쳐다보았다.

그러자 아무 일도 없다는 듯이…… 아니, 너무 많은 일이 있는데도 불구하고 작업에 집중하고 있는 에리리의 수라(修羅) 같은 모습이 눈에 들어왔다.

"알았어. 좀 오래된 게임이지만 참고 해봐."

그 모습을 보면서 마음속에서 일렁이던 미안함을 떨쳐낸

나는 게임 선반을 뒤지기 시작했다.

"그런 건 신경 안 써. 나, 오래된 게임이랑 최신 게임이 뭐가 어떻게 다른지 아직 잘 모르겠거든."

"……그랬지, 참."

그러고 보니 내가 처음 우리 집에 온 카토에게 시켰던 게임은 발매된 후로 20년 이상 지난 게임이었지…….

※　※　※

『아…… 미안. 괜찮아? 다친 데는 없어?』

『저런 수풀에서 느닷없이 활기찬 아가씨가 튀어나올 거라고는 꿈에도 생각 못 해서 말이야. ……나도 아직 수행이 부족한 것 같군.』

"우, 우와……."

게임을 시작한 후로 약 30분이 지났다.

카토는 이름과 속성 입력 부분에서 좀 힘들어했지만, 튜토리얼을 지나 드디어 프롤로그에 접어들었을 즈음부터 게임에 익숙해지기 시작했다.

『……그건 그렇고, 이제 그만 내 무릎 위에서 일어나 주지 않겠어?』

"꺄아…… 느끼한 대사를 계속 들었더니 얼굴이 화끈거리네."

하지만 게임에 대한 인상은 여전히 좋지 않은 것 같았다. 아니, 정확하게 말하자면 이즈미가 이 시리즈에 대해 이야기할 때 보였던 질린 듯한 반응을 여전히 보이고 있었다.

『그래. 이름이 메구미구나. 앞으로 잘 부탁해.』

……그것보다 카토. 너, 주인공 이름을 본명으로 한 거냐.

『여어, 메구미! 날씨도 좋은데 어디 놀러가지 않겠어?』

"우왓, 벌써 데이트 신청을 받았어……."

"놀랄 것까지는 없을 것 같은데……. 이건 데이트가 목적인 게임이거든."

프롤로그가 지나고 일상 이벤트를 경험하는 사이, 게임 안에서 석 달 정도의 시간이 흘렀다.

그러자 지금까지 인사만 나눴던 히로인……이 아니라 남친들의 반응이 조금씩 변하기 시작했다.

"그건 그렇지만, 아직 데이트 신청을 받는 데 익숙하지 않다고나 할까……."

"그래?"

벌써 한 시간 이상 플레이했는데도, 카토의 리액션에서는 콩닥콩닥 수치가 부족했다.

현실에서는 처음으로 대화를 나누기 시작하고 단 30초 만에 남자에게서 차나 한잔 같이 하자는 제안을 들은 적도 있으면서 말이다.

"미소녀 게임에서는 동성 친구를 만드는 듯한 감각으로 플레이할 수 있었는데, 이 게임에서는 상대가 계속 이성으로 느껴지네."

즉, 나는 이성으로 인식되지도 않았다는 것일까.

아니면 나는 화면 너머에 있는 2차원 캐릭터보다도 더 먼 존재라는 걸까……

"아, 그러고 보니 아키 군은 게임 이야기나 할 때가 아니지 않아?"

"아~ 걱정하지 마시옵소서. 이쪽 일도 열심히 하고 있습니다요~."

카토의 때 묻지 않은 반응을 바라보면서, 나는 스캔한 원고 데이터의 보정 작업을……

『뭐야, 메구미. 내가 데이트를 신청했는데 받아주지 않는 거야? ……아쉬운걸.』

"잠깐, 카토! 고생해서 호감도를 올려놓고 왜 데이트를 거절한 거야?!"

"정말, 지금까지의 노력이 전부 헛수고가 됐네. 실망이야, 카토 양."

"두 사람 다 원고에 집중해……."

『홋……. 메구미는 여전히 어린애 같은 짓을 좋아하는구나.』

『하지만 나는 너의 그런 점을…… 아니, 아무것도 아냐.』

"아…….."

"어때? 가슴이 살짝 콩닥거렸어?"

"……아키 군은 원고에나 집중하라구."

"걱정하지 마. 내가 맡은 파트는 거의 다 끝났어."

나는 마우스를 열심히 조작하면서 대답했다.

사실 내가 맡은 작업은 앞으로 한 시간 안에 끝날 것 같았다.

그리고 카토의 플레이는 이제부터 클라이맥스에 접어들 것이다.

"으음~. 아직 조금 부끄럽지만, 그래도 꽤 익숙해진 것 같아."

"익숙해지면 그 부끄러움조차 쾌감이 된다더라고."

"……."

"그건 그렇고 이 게임은 정말 히트할 만하네. 캐릭터도 여러 타입이 존재하고 대사도 엄청 많은 데다, 캐릭터별로 대사가 다 다르잖아."

"역시 높은 평가를 받는 게임은 그런 세밀한 부분까지 신경 쓰는 것 같네."

"……윽."

"그리고 성우 분들의 연기도 한몫할 거야. 부끄러운 대사를 들으면 나도 덩달아 부끄러워지지만, 익숙해지고 나면 온몸에 소름이 쫙 돋잖아."

"그리고 새내기와 베테랑 전부 멋진 연기를 보여줬지. 게다가 배역도 절묘하잖아. 이 게임을 만든 사람들은 열정이…… 어이."

"…………어?"

내가 뒤를 돌아보자, 이쪽을 향해 몸을 쭉 내민 채 잡아먹을 듯한 눈으로 화면을 바라보고 있는 체육복 차림의 금발 여자애가 눈에 들어왔다…….

"사와무라 양……."

"농땡이 치지 말고 원고나 해."

"나도 작업 거의 끝나간다구!"

『아름다운 불꽃이군…….』

"……"

"……"

"……"

그리고 게임은 엔딩 직전의 마지막 선택지까지 진행되었다.

화면에서는 불꽃 쏘는 소리와 찬란히 빛나는 연출이 흘러나오고 있었다. 그리고 그 중앙에서는 주인공과 남친이 서로를 응시 중이었다.

『메구미…… 내 말을 들어줘.』

『나, 실은 너에게 꼭 해야만 하는 말이 있어.』

"……."

"……."

"……."

어느새 우리는 원고 작업을 중단했다.

그리고 우리 모두는 화면 안에 존재하는 남성의 일거수일투족을 지켜보고 있었다.

『만약 오케이라면 평소처럼, 끝내주는 미소를 지어줘.』

『그리고 받아줄 수 없다면…… 불꽃 쏘는 소리 때문에 들리지 않았다고 말해줘.』

"아, 아, 아키 군. 어떻게 하지? ……뭐라고 대답할까?"

"나한테 묻지 마, 메구미!"

"하, 하, 하지만…… 부담스럽단 말이야. 상대는 진심이 분명하다구."

"미소녀 게임도 여성향 게임도 기본적으로 결말은 영원한 사랑을 맹세하면서 끝나."

"하지만 우리는 아직 고등학생이잖아."

"현실 세계로 도망치지 마."

카토는 아직도 부끄러움을 극복하지 못했는지 약간 볼을 붉힌 채 컨트롤러를 집어 던졌다.

게이머로서는 최악의 행동이지만, 그런 반응을 보이는 카토가 꽤나 귀여웠기 때문에 주의를 줄 수가 없었다.

"사, 사와무라 양…… 사와무라 양이라면 어떻게 하겠어?

받아들일 거야? 거절할 거야?"

"그러니까, 남에게 판단을 맡기지…… 어?"

"……."

나와 카토가 이런 어이없는 대화를 나누고 있는 사이에도…….

아직 현실로 돌아오지 못한 녀석이 있었다.

"사와무라 양?"

"어이……."

"어……?"

그뿐만 아니라, 눈가가…….

"윽! 아, 아아~! 으음, 불꽃이…… 그래! 불꽃이 너무 눈부셔서……!"

아무도 네 눈이 어떻다는 둥 같은 소리는 하지 않았거든?

이런 걸 보고 도둑이 제 발 저린다, 라고 말하는 것 같은데 말이야.

"이 게임, 연출이 너무 과장됐네! 눈이 따가울 정도잖아! 요즘 같았으면 발매 금지가 됐을 거야."

아니, 요즘 게임이랑 비교하면 수수한 수준이거든? 이런 걸로 누가 발작을 일으키겠어.

"부, 불꽃놀이 보니 생각난 건데…… 저기, 카토 양. 다음 달에 우리 집에서 같이 불꽃을 보지 않을래?"

"어? 어?"

에리리는 평소와 달리 꽤나 억지스럽게 이야기를 돌렸다.

보통은 화를 마구 내면서 이야기를 흐지부지하게 만들었을 텐데, 이번에는 저자세로 나온 것이다. 마치 부끄러움을 감추려는 것처럼 말이다.

"우, 우리 구에서 하는 불꽃놀이 대회! 여름 코믹마켓 최종일에 하잖아."

"아~. 그랬지, 참."

그렇게까지 해서 숨길 필요는 없는데 말이다.

우리가 게임에 감동해서 운 적은 지금까지 셀 수도 없을 만큼…….

"우리 집 발코니에서는 그 불꽃놀이 대회가 잘 보여. 매년 가깝게 지내는 사람들을 불러서 우리 집에서 함께 구경하곤 해."

"와아, 재미있을 것 같아~."

왜 이렇게 평소와 리액션이 다른 걸까.

아니, 그러는 나야말로 이 정도 일을 가지고 왜 이렇게 강렬한 위화감을 느끼는 걸까.

"응. 정말 재미있어. 그러니까 카토 양도 와. 응?"

"으음, 그날 저녁에는 딱히 스케줄이 없으니까…….

그건 역시…….

"……잠깐, 에리리."

……내가 생각에 잠겨 있는 사이, 무시무시한 이야기가

진행되고 있었다.

"뭐야. 여자애들끼리의 대화에 끼어들지 마, 토모야."

"아니, 그럴 수는 없어……. 카토, 넌 지금 완전히 속았어."

"응? 정말?"

"말도 안 되는 헛소리하지 마!"

아마 에리리는 의도적으로 그런 것이 아니리라. 하지만 그렇기 때문에 이것은 흉악하기 그지없는 함정이 되고 마는 것이다.

"그럼 내가 묻는 말에 대답해봐, 에리리……. 그 모임에 대체 누가 오기로 되어 있어?"

"뭐?"

"방금 전에 네가 말한 "가깝게 지내는 사람들"이 대체 누구냐 말이야."

"그야…… 지인이야. 오래 전부터 우리 집과 친분을 쌓아 온 사람들도 많이 올걸?"

"흐음. 예를 들자면?"

"으음…… 주일 영국 대사라든가, 외무 차관 같은 사람들이 가족들과 함께……."

"삼가 감사히 사양할게, 사와무라 양!"

응, 역시…… 10년 전이나 지금이나 초대하는 멤버에는 변함이 없었다.

『이것으로 메구미의 이야기는 끝났다.』

『하지만 이 환상도시 엘드리아의 이야기는 앞으로도 계속된다.』

『그리고 새로운 소녀…… 그렇다. 당신이 바로 이 세계의 문을 열 것이다.』

"……."

"……."

"……."

엔딩 크레딧 화면이 나오면서, 엔딩곡이 흘러나왔다.

결국 카토가 내린 최후의 선택은…… 아니, 그런 쓸데없는 이야기는 하지 말자.

"……이제 게임은 끝났는데, 두 사람의 작업은 어떻게 되어가고 있어?"

"아, 나는 조금만 더 하면 끝나."

"나도 그래."

"그런데 이제 해질 시간이 다 된 것 같지 않아?"

"맞아."

"응."

카토의 말대로 창밖의 세상에 드리워진 저녁노을은 어느새 사라지려 하고 있었다.

시계를 보니, 어느새 오후 일곱 시가 지나 있었다.

으음, 한 캐릭터 깨는 데 다섯 시간 정도 걸렸다면 그렇게 나쁘지 않은 플레이 스피드군.

"나는 이제 어떻게 할까?"

카토는 게임 클리어 직후의 감동 탓에 평소보다 더 멍해진 표정으로 나를 쳐다보았다. 응. 분명 감동을 필사적으로 억누르고 있는 걸 거야.

"글쎄. 일단 조금 더 시간이 걸릴 것 같으니까 목욕이라도 하지 그래?"

"……역시 자고 가라는 거네?"

"어? 카토 양, 잘 생각인 거야? 그럴 시간은 없을 것 같은데……."

"아~ 그런 뜻으로 한 말이 아닌데……. 그런데 사와무라 양도 그런 식으로 인식하는구나."

뜻 모를 한숨을 내쉰 카토는 자신의 가방을 열었다.

"그런데 아키 군. 오늘 부모님은 안 들어오셔?"

"일찌감치 여름휴가 받아서 일주일 일정으로 두바이 여행을 떠나셨어."

"와아~ 정말 끝내주는 부모님이네~."

"맞아. 자기들만 생각한다니깐."

"아니, 그런 뜻에서 한 말이 아니라…… 뭐, 됐어. 그럼 씻을게."

"아, 그리고 지금 저녁 주문할 건데, 피자 괜찮아?"

"고기만 잔뜩 든 것 말고 채소가 많이 든 것도 부탁해.

아, 그리고 사와무라 양. 이번에도 알리바이 작성에 사와무라 양의 이름을 써도 되지?"

카토는 왠지 기계적인 움직임으로 가방 안에서 갈아입을 옷과 세면도구를 꺼내 방에서 나갔다.

뭔가 석연치 않은 일이라도 있었던 걸까.

※　※　※

"……."

"……."

카토가 씻으러 간 후, 방 안에서는 펜 놀리는 소리와 키보드 두드리는 소리만이 울려 퍼졌다.

현재 시각은 일곱 시 반. 딱히 욕실 훔쳐보러 가기 같은 이벤트 플래그도 발생하지 않은 채, 남녀 2인조는 미묘한 분위기를 자아내며 방 안에서 작업을 계속했다.

"……."

"……."

오후 한 시 반에 에리리가 이 방에 왔다.

그리고 바로 여름 코믹마켓용 원고 작업을 시작했고, 그 후 얼마 지나지 않아 카토가 왔다. 그래서 오늘은 에리리와 단둘이서 이야기한 적이 없었다.

……아니, 실은 방학식 이후로 단둘이서 이야기한 적이

없었다.

"……저기."

"왜?"

"그게…….."

"…….."

카토에게는 미안하지만, 실은 에리리와 단둘이 있을 수 있는 이 시간을 기다리고 있었다.

에리리에게 물어야만 하는 일이 있기 때문이다.

그것도 두 개나 말이다.

"저, 저기."

"대체 무슨 일인데?"

"으음, 그러니까, 저기…….."

"…….."

실은 좀처럼 입을 떼지 못하는 이유 또한 두 개나 있었다.

하나는 그 둘 중 무엇부터 물어봐야 하는 것인지 아직도 고민 중이라는 점이다.

그리고 다른 하나는 어느 쪽을 먼저 물어보든 대답 여하에 따라 지금의 관계가 산산조각 나고 말 가능성이 있다는 생각이 들었기 때문이다.

……아니, 이렇게 서먹서먹하고 차갑기 그지없는 하트 쿨링오프한 관계에 내가 구애되는 것도 남들 눈에는 정말 어이없어 보일지도 모른다.

하지만 7년 전 그날에 비하면, 말다툼이라도 할 수 있게 된 지금 관계는 나에게 있어 천국이나 다름없었다.

"『rouge en rouge』의 제의는 어떻게 할 거야?"

하지만 이대로 계속 질질 끄는 것은 나에게 어울리지 않았다.

그래서 나는 결단을 내렸다.

그녀에게 물어봐야 하는 두 가지 일 중 하나를 물어본 것이다.

"매력적인 제의이기는 해."

"……맞아."

에리리는 원고에서 눈을 떼지 않은 채, 즉 나를 쳐다보지 않은 채 대답했다.

그래서 그녀의 표정을 확인할 수 없었다.

"아마 우리가 만들 게임보다 두 배 이상 팔릴 거야. 그리고 어시스턴트도 붙여준다는 소문도 있어. 게다가 코사카 아카네의 마음에 든다면 상업 쪽에서의 성공이 보장된 거나 마찬가지잖아."

"응……."

코사카 아카네의 히트작 중에는 자신이 직접 그린 만화뿐만 아니라 다른 작가에게 원작을 제공해 히트시킨 작품 또한 있었다.

지금까지 그런 패턴을 통해 성공한 작화 담당 작가가 몇

명이나 있으며, 그들 전원은 『rouge en rouge』 출신이다.

"에리리는 이제부터 어떻게 하고 싶어?"

"이제……부터?"

"동인 활동을 계속할 거야? 상업 쪽으로 진출할 거야? 취미 삼아 그림을 계속 그릴 거야? 일자리를 구할 거야?"

즉, 그 서클에 소속된다는 것은 상업 데뷔 정도가 아니라 더욱 큰 성공을 움켜쥘 찬스라는 사실은 이 업계 안에서는 상식이나 다름없었다.

그리고 에리리의 눈앞에는 그런 공전절후의 찬스가 놓여 있는 것이다.

"그리고 뭘 목표로 할 거야? ……코믹마켓의 셔터야? 누계 1천만 부 돌파? 카시와기 에리 전집 총 300권 발행?"

"마지막 그게 나올 즈음이면 나는 죽었을 것 같은데?"

조금이라도 위로 올라가려는 의지가 있는 일러스트레이터라면 그런 선택지를 놓쳐선…….

"네가 만약, 그런……."

바로 그 순간, 내 결의는 붕괴되고 말았다.

왜냐하면, 생각하면 할수록 에리리에게 있어 최선의 선택지는 단 하나뿐이라는 생각이 들었기 때문이다.

내 꿈을 이루기 위해서는, 에리리가 꼭 필요하다.

하지만, 에리리의 꿈을 위해서라면……?

"……끝났어~!"

"……뭐?"

내가 인터넷상에서 동네북 취급 당하는 얼간이 주인공처럼 우물쭈물하고 있을 때, 에리리가 갑자기 활기찬 목소리로 외쳤다.

"코믹마켓용 원고 완성~! 자, 이제부터 키비주얼 작업을 시작하자!"

"어? 어?"

책상을 보니 어느새 동인지 원고가 전부 치워져 있었다. 그리고 동인 게임의 설정이 적힌 서류가 침대 주변에 흩뿌려져 있었다.

"토모야! 수면 퇴치용 커피 부탁해! ……아, 혹시나 해서 말해두는데 설탕은 빼줘!"

"에, 에리리……."

"눈 깜짝할 사이에 이렇게 어지럽힌 거냐!" 같은 판죽조차 통하지 않을 만큼 전광석화 같은 속도였다.

※　※　※

"으음, 이 구도는 느낌이 살지 않네……. 다음."

"벌써?!"

내가 아래층에서 커피를 끓여서 가지고 와보니, 에리리의 주위에는 러프 스케치가 세 장이나 굴러다니고 있었다.

겨우 5분 만에…… 그 정도 시간으로는 목욕 중인 카토를 훔쳐보는 것도 힘들 것 같은데…….

"게다가 모델이 없으니 캐릭터 작화가 안정되지 않네."

"엄청 안정된 것 같은데……."

바닥에 굴러다니는 세 장의 러프 스케치를 비교해봤지만 정말 안정적이었다.

누가 봐도 같은 인물이라는 걸 알 수 있을 만큼 안정적일 뿐만 아니라, 셋 다 다른 표정을 짓고 있었다. 그야말로 장인의 기술이었다.

체형도 마찬가지였다. 전부 다른 포즈를 짓고 있는데도 몸매와 골격이 일정하다는 사실을 아마추어인 나도 한눈에 알 수 있었다.

게다가 자기가 그렸던 그림을 대충 옮겨 와서 그리고 있는 게 아니라는 것 또한 그녀의 동인지를 봐온 나는 한눈에 알 수 있었다.

역시 인기 동인 작가와 미술부의 에이스를 양립시키고 있는 여자애다웠다.

이러니 『rouge en rouge』도 노리는 거겠지…….

"대체 어떻게 하면 이런 스피드로 이렇게 안정된 그림을 그릴 수 있는 거야……."

"일단 조금 간소화하기는 했어."

그녀가 지금 그리고 있는 그림을 등 뒤에서 쳐다보니, 러프인데도 데생처럼 막힘없이 그려나가고 있었다.

대체 그녀의 머릿속에는 얼마나 세밀한 이미지가 존재하는 걸까…….

"이런 능력은 대체 어떻게 익힌 거야?"

"으음, 재능 덕분?"

"……그렇구나."

분명 에리리는 이 경지에 도달하기 위해 상당한 노력과 시간을 공물로 바쳤을 것이다.

하지만 그녀는 성격상 자신의 고생담은 절대 털어놓지 않으리라.

"이렇게 그림을 빨리 그리는 녀석이 왜 항상 마감에 허덕이는 거야?"

"내 시간을 잡아먹는 건 그림보다 스토리야."

"아, 그렇구나……."

"그런 점에서 볼 때 카스미가오카 우타하는 괴물이야……. 이렇게 높은 퀄리티의 시나리오를 엄청난 페이스로 만들어내잖아. 그것도 라이트노벨 집필을 병행하면서 말이야."

"그런 말은 본인 앞에서 해주라고……."

"죽어도 싫어. 아, 유언으로 남기는 것도 싫어."

"아, 예. 그렇습니까요."

내가 보기에는 두 사람 다 괴물이다.

에리리는 항상 마감에 허덕이면서도 절대 펑크를 내지 않는다.

그뿐만 아니라 러프 스케치만으로 대충 때우지도 않는다.

반드시 펜 터치를 하고, 컬러 또한 완성한다.

빠르고, 뛰어나며, 심플하다.

정말 성격은 몰라도 능력 하나만큼은 인정하지 않을 수가 없다. 이 녀석이 아군이라 정말 다행이다.

……하지만, 그렇기 때문에 나는 알 수 있다.

이 녀석의 작풍(作風)은 『rouge en rouge』와 너무나도 잘 맞는다는 사실을 말이다.

심플한 선은 작화 작업의 분업화와 매치된다.

그림은 빠르게 그리지만 스토리 때문에 애먹는 작가에게 원작자가 제공된다면 그야말로 호랑이 등에 날개를 단 격이리라.

어쩌면 이오리는 에리리의 이런 특성을 꿰뚫어 봤기 때문에…….

"……토모야."

"응?"

내가 또 얼간이 주인공 속성을 발휘하려 한 순간이었다.

드디어 다섯 장째 러프를 완성한 에리리가 나를 지그시 바라보며 입을 열었다.

"미리 말해두겠는데 말이야. 나, 여름 코믹마켓 이후의 올해 이벤트에는 하나도 신청하지 않았어."

"뭐? 왜?"

평소 한 달에 한 번 꼴로 이벤트에 참가하던 에리리답지 않은 페이스 다운이었다.

"왜냐하면 올해는 겨울 코믹마켓에 주력해야 하니까……내 서클로 참가하는 건 아니지만 말이야."

"아……."

하지만 잘 생각해보니 내가 에리리에게 하고 있는 요구는—.

—그렇다. 매달 다른 이벤트에 참가하면서 소화할 수 있는 작업량이 아닌 것이다.

"물론 그 서클은 『rouge en rouge』가 아니라구."

에리리의 푸른 눈동자에 약간의 장난기가 어렸다.

『따라올 수 있겠어?』, 『나를 제대로 다룰 수 있겠어?』 라고 말하며 나를 도발하고 있었다.

그래서 나는—.

"당연, 하지……."

"여전히 자신감이 넘치네."

"너만큼은 아니라고."

나는 그 도발에 응할 수밖에 없었다.

나 때문에 자유를 잃은 에리리에게.

보답할 방법은 최고의 게임을 완성하는 것뿐이기 때문이다.

"그리고 하시마 따위에게 스카우트 당하고 싶지는 않아. 코사카 아카네 본인이 직접 나를 스카우트하러 온다면 모르지만 말이야."

"어이, 그런 무시무시한 소리 하지 마! 네가 방금 한 말을 이오리가 들으면 진짜로 코사카 아카네를 끌고 올지도 모른다고!"

"아하하. 확실히 그 녀석이라면 그런 짓을 하고도 남아."

"하하, 하하하. 예전 동급생에게 너무한 거 아냐~?"

"그러는 너야말로 한때는 그 녀석의 절친이었잖아~."

그 후, 나는 에리리와 함께 웃음을 터뜨렸다.

우리 둘 다 배를 잡고 방바닥을 데굴데굴 굴러다녔다.

방으로 돌아온 카토는 그런 우리를 보고 의아한 표정을 지었다.

서클을 만든 이후⋯⋯.

아니, 7년 만에 나는 에리리와 함께 진심으로 웃었다.

그리고—.

※　※　※

"응. 방금 목욕한 덕분에 빨갛게 달아오른 피부가 정말 좋아! 카토 양, 이번에는 침대에 누워볼래?"

"이, 이렇게……?"

"아, 그게 아냐. 좀 더 다리를 벌리고, 거사를 치르고 난 후 같은 표정을 지어봐!"

"거, 거사를 치르고 난 후?! 자, 잠깐만, 다리를 더 벌렸다간 안쪽이 보이고 말 거야~."

"그럼 왼손으로 가려. 아, 그래도 아슬아슬하게, 보일락 말락!"

"으, 으으음?"

"아~. 그래도 전체적으로 볼 때 노출도가 부족한 것 같네……. 저기, 카토 양. 쬐끔~만 벗지 않을래?"

"우, 우리가 만드는 건 전연령 게임 아니었어?!"

"딱 한 장만 그릴게! 응?! 좋아, 좋아, 흥이 나기 시작했어~!"

"흥이 너무 났잖아!"

뭐, 이런 여담은 일단 제쳐놓고…….

결국 합숙을 무사히 마친 우리는 여름 코믹마켓에 돌입했다.

하지만 당시의 나와 에리리는 눈치채지 못했다.

아니, 그 순간이 너무 기뻐 눈을 돌리고 말았다.

우리 사이에 존재하는 가장 큰 문제를, 그리고 가장 깊은 어둠을, 그대로 뒤로 미뤄버리고 말았다는 사실에서 말이다.

제4장

동인 작가라면 한번쯤은 이런 꿈을 꿀걸?

"잘 봐, 카토⋯⋯. 여기가 바로 도쿄도 고토구 아리아케 3—11—1, 도쿄 빅사이트야!"

"왜 주소까지 말한 거야?"

"그냥 한번 말해봤어."

지하철 린카이선 국제전시장 역에서 나와 위쪽을 쳐다보면, 형용하기 힘든 형상을 한 건물이 눈에 들어온다.

마치 일본 괴수 영화 가메라 시리즈에 나온 갸오스의 머리처럼 생긴⋯⋯ 아, 그래서 형용하기 힘든 거구나.

8월 둘째 주 토요일 아침은 구름 한 점 없을 만큼 맑았다. 이 날씨에 행사장 안의 열기가 더해지면 극도의 더위를 자아낼 것이다.

오늘은 코믹마켓 2일 차.

나는 어제에 이어 두 번째, 그리고 카토는 첫 번째 빅사이트 방문이다.

어제 혼자서 린카이선 첫 지하철을 타고 이곳에 온 나는 서관 4층에 있는 기업 부스로 돌격해 각종 상품과 책과 무료 배포물을 손에 넣었다.

참고로 나는 겨울 코믹마켓 참가를 위한 자금을 마련해야 한다는 막중한 사명 때문에 예년에 비해 예산을 대폭 축소했다. 그 탓인지 집에 돌아가 전리품 체크를 할 때 마음이 정말 울적해졌다.

……이렇게 무료 배포물을 필사적으로 모은 것은 태어나서 처음일지도 모른다.

어쩔 수 없다 아이가. 돈이 없으니 그런 거라도 모아야 하지 않겠나…….

"이야기는 몇 번 들었지만…… 확실히 이 정도면 인원수 면에서는 로쿠텐바 몰과 비교도 안 될 것 같네."

건물에서 눈을 뗀 우리가 근처 광장을 쳐다보니, 세는 것조차도 불가능해 보일 만큼 많은 사람, 사람, 사람들이 웅성대면서 여러 가지 의미에서 전쟁터 같은 양상을 자아내고 있었다.

"비교도 안 되는 건 인원수만이 아냐. 가장 대단한 건 이벤트가 시작된 후에 볼 수 있는 질서정연한 분위기라고."

"그래?"

"응. 이렇게 많은 사람들이 북적대고 있는데도 매번 큰 부상자는 발생하지 않거든. 이런 이벤트는 전 세계를 둘러

봐도 아마 코믹마켓밖에 없을걸?!"

"흐음~ 엄청나네……."

"……뭐, 극도의 인내를 강요당하는 탓에 컨디션이 급격하게 나빠지는 사람은 대량으로 속출하지만 말이야."

"아하, 로쿠텐바 몰에서의 아키 군처럼?"

"아니, 이것과 그건 의미가 조금 다르지만…… 뭐, 됐어. 그냥 내가 약해빠진 놈이라고 생각해."

"아~ 미안해. 그래도 너무 신경 쓸 필요는 없어. 오전에 있었던 일은 말이야."

"오전에 있었던 일……?"

"자, 그럼 가자. 어느 줄의 끝에 서면 되는 거야?"

하던 이야기를 중간에 멋대로 끊어버린 카토는 나를 내버려 둔 채 행사장을 향해 걸음을 옮겼다.

자, 카토의 오늘 패션을 설명하자면…… 우선 주름을 잡아서 소매를 부풀린(퍼프 슬리브라고 부른다) 흰색 셔츠와 파란색 플레어스커트를 입었다. 그리고 이 더운 날씨에 녹색 머플러(알고 보니 숄이었다)를 걸치고, 맨발에 샌들을 신고 있었다. 솔직하게 말해 코믹마켓 장비와는 거리가 너무나도 먼, 그야말로 여자애다운 복장을 하고 나타났다.

번화가를 돌아다닐 법한 이 소녀와 함께 빅사이트 안을 돌아다니면 코믹마켓을 즐기러 온 오타쿠가 아니라 코믹마켓을 비웃으러 온 리얼충처럼 보이겠군……. 폭발해버려라.

"그런데 사람이 정말 많네. ……모든 사람이 다 입장할
즈음에는 이벤트가 끝나버릴 것 같아."

"뭐, 하루미에서 열리던 시절에는 그랬던 적도 있었다지
만, 지금은 시행착오와 개선을 거듭한 끝에 점심 전에는 모
두 다 입장할 수 있게 되었어." 라고 설명해본들 카토는 내
말을 10분의 1도 이해하지 못할 게 뻔했다.

"걱정하지 마, 카토……. 우리는 이 엄청난 행렬의 끝에
서지 않아도 돼!"

그래서 나는 지난달에 손에 넣은,^{제1장에서} 그 티켓을 들어 보였다.

이것은 바로 코믹마켓의 서클 입장증.

원래 서클로 참가해 자신의 책을 파는 사람들이 부스 준
비를 사전에 마치기 위해 일반 참가자들보다 빨리 입장할
때 쓰는 티켓이다.

하지만 참가자 중에는 부스 준비가 아니라, 인기 서클의
책을 입수하기 위해 사용하는 경우도 있었다. 이 티켓을 손
에 넣기 위해 가짜 서클로 참가하기도 하며, 그렇게 얻은 티
켓을 인터넷상에서 고액에 거래하기도 했다. 그야말로 주최
자의 의도를 이해하지 못한 참가자들의 악행은 끊이지 않
았다.

그래서야 마치…….

"아, 예약권 같은 거구나."

"아냐!"

마음속으로는 그렇게 생각하면서도, 남이 그렇게 말하면 부정할 수밖에 없었다…….

※　※　※

"선배, 와줬군요!"

"이 티켓을 받은 이상 나는 이 서클의 멤버나 다름없잖아. 그러니 당연히 와봐야 하지 않겠어?"

그리고 우리가 향한 곳은 동관 홀 셔터 앞에 벌써부터 만들어진 행렬……이 아니라, 서클 티켓에 인쇄된 동관 호04a라는 말이 가리키는 장소에 있는 『팬시 웨이브』의 부스였다.

그곳에는 지난달에 감동적인 재회를 한 연하 히로인……은 아니지만, 아무튼 하시마 이즈미가 책상 위에 놓인 전단지를 정리하고 있었다.

"으음, 안녕. ……혹시 나, 기억해?"

내 뒤편에서 얼굴을 내민 카토는 이즈미를 향해 고개를 꾸벅 숙였다.

그리고 카토를 본 이즈미는 환한 미소를 지으면서 말했다.

"선배의 여친 분도 오셨군요! 고마워요!"

"아, 저기……."

"으음, 이렇게 나올 줄이야……."

캐릭터가 약한 편인 카토를 이즈미가 기억하고 있다는 것은 다행이지만, 이즈미는 카토에게 있어 최악에 가까운 속성을 부여한 것 같았다.

"……아키 군, 어떻게 할까? 나, 아키 군과 같이 다니기 시작하고 처음으로 이런 오해를 산 것 같아."

"뭐, 상대는 중학생이잖아. 아직 세상을 보는 눈이 좁은 거겠지."

"안도해야 하는 건지, 미묘한 표정을 지어야 하는 건지 감이 안 오네."

나와 카토가 삭막하기 그지없는 대화를 나누자, 이즈미는 미소를 머금은 채 머리 위에 『???』를 띄웠다.

그런 이즈미를 배려하듯, 카토는 미소를 머금으면서 말했다.

"으음, 그 호칭을 들으면 여러 사람들이 미묘한 반응을 보일 테니까, 그냥 이름으로 불러줬으면 좋겠어."

그 여러 사람들이 대체 누구지? 나와 카토 이외에 미묘한 반응을 보일 만한 사람이 있나?

"아, 예. 알았어요! 카모 씨!"

"……저기~."

"으음, 이 상황에서 이렇게 나올 줄이야……."

캐릭터가 약한 편인 카토를 기억하고 있는 것은 다행이지만, 역시 마무리가 서툴렀다.

"아, 그러고 보니 아키 군도 처음에 비슷한 실수를 했었지?"

"잠깐만. 나는 그때 너를 카노라고 불렀어. 카모보다는 훨씬 네 이름과 비슷하잖아."

그리고 나와 카토가 또 애정이라고는 눈곱만큼도 느껴지지 않는 삭막한 대화를 나누자, 이즈미는…… 내가 이런 식으로 상황 분석에 전념하는 사이, 카토는 이즈미를 향해 미소 지으면서 말했다.

"내 이름은 메구미야. ……그러니까 이름으로 불러주지 않을래? 이즈미 양."

"아, 예! 메구미 씨!"

으음, 정말 카토다운, 무난하면서도 적절하며 배려로 가득 찬, 멋진 한마디였다.

그런데 이대로 있다간 이즈미는 카토의 본명이 카모 메구미라고 생각할 것 같은데?

"자, 그럼 준비를 시작해볼까! 뭐든 시켜만 줘, 이즈미."

"아, 나도 힘닿는 데까지 도와줄게."

통성명을 끝낸 후, 나는 테이블 밑에 있는 종이 상자를 향해 손을 뻗었다.

"괘, 괜찮아요! 손님이 도와줄 필요는 없어요!"

"손님은 무슨. 우리 모두가 참가자잖아."

"아, 그런 뜻에서 한 말이 아니에요, 선배."

이즈미는 내가 들고 있는 종이 상자를 빼앗아 포장을 뜯더니, 안에서 책을 꺼냈다. 그리고 테이블에 보자기를 깔고 그 위에 책을 쌓아놓은 후, 『1부 500엔』이라고 적힌 가격표를 책 앞에 놓더니―.

"자! 준비 완료!"

―힘찬 목소리로 그렇게 말했다.

"……이걸로 끝이야?"

"예, 수고하셨어요~!"

……준비 작업에 걸린 시간은 총 30초.

뛰어난 준비성과 능숙한 솜씨, 그리고 적은 반입량이 기적의 콜라보레이션을 이룬 결과였다.

"으, 으음, 그럼 판매원……."

"아~ 그것도 괜찮아요. 저 혼자서 충분하거든요."

"그래?"

"예. 실은 『3』 발매 직후에 열린 이벤트에서 50부 판 게 제 최대 판매 기록이거든요."

"……그래?"

"그런데 이번에는 100부나 만들었어요. ……50부 만드나 100부 만드나 인쇄비는 그렇게 차이가 나지 않길래 무심코……."

"…………그, 래."

이즈미가 지금 한 말이 흔한 이야기라는 것은 알고 있다.

코믹마켓에 참가한 90% 이상의 서클이 이런 생각으로 참가하고 있다는 것도 알고 있다.

하지만 이오리의…… 그녀의 오빠가 지휘하는 서클은 여기에 쌓여 있는 책의 백 배 이상 되는 양을 하루 만에 팔아치우곤 했다.

그런 생각이 들자, 왠지, 이유는 모르겠지만…….

『이쪽 세계의 이즈미는 나와 아무런 상관도 없거든.』

이오리 녀석에게…… "그렇지 않아, 이오리." 라고 말해주고 싶어졌다.

여동생이 자신이 있는 세계에 들어왔는데.

자신의 뒤를 아장아장 걸음으로 쫓아오고 있는데.

대체 왜, 어째서, 손을 내밀어 주지 않는 거냐고…….

나라면, 내 가족이 동지가 됐다면 너무나도 기뻤으리라.

그래서 부모님이 동지인 에리리를, 나는 어렸을 적부터 진심으로 부러워해왔다.

"하지만 매상보다도 중요한 게 있어요."

"뭐?"

"제 부스를 찾아준 사람들이 저한테 엄청 말을 걸어주거든요! 그게 정말 기뻐요."

"그, 그래?"

하지만 이즈미는 내가 느끼고 있는 안타까움을 날려버리듯, 눈을 반짝이면서 이야기했다.

"예. 『리틀랩』은 정말 열성 팬이 많잖아요! 뭐랄까, 이 작품에 관해 이야기하고 싶어 안달이 난 것 같은 사람이 많아요! 그래서 그런지 제 부스에 와서 30분 동안 이야기만 하고 가는 사람도 있어요."

"그건…… 응, 정말 열정적이네."

"게다가 지나가던 다른 사람이 이야기에 참가하기도 하고, 양옆에 있는 서클의 사람들도 끼어들면서 부스 주변이 완전 잡담 공간이 되어버린다고나 할까……. 그러다 보면 책을 팔아야 한다는 생각이 머릿속에서 사라져버리곤 해요. 아하하."

"정말…… 즐거운가 보네."

"예! 이벤트 때마다 얼굴을 마주하다 보니 항상 찾아주는 사람들의 얼굴은 아예 외워버렸어요!"

표정을 쉴 새 없이 바꿔가며 진심으로 기뻐하는 이즈미를 본 순간, 안타까움 같은 것을 느낀 나 자신이 바보 같다는 생각이 들었다.

그래. 맞아. 이게 바로 동인 정신이야.

같은 작품을 좋아하는 사람들이 모여, 작품에 대한 서로의 애정을 맞부딪치면서 끝없이 이야기를 나눈다.

이득을 볼 생각이 없으니 매상을 신경 쓸 필요가 없다.

아니, 다른 서클 멤버에 대한 스카우트 공작이나 매상 대결 같은, 작품과는 전혀 상관없는 것을 가지고 누군가와 다투려 했다는 사실 자체가 너무나도 부끄러웠다.

그런 일그러진 시점에서 취미에 관해 왈가왈부해봤자 아무 의미도 없는 것이다.

"그래…… 그래! 대단해, 이즈미. 그런 열성 팬을 가지고 있구나!"

"아하하. 제 팬이 아니라 『리틀랩』의 팬이라고요~."

"그래…… 응, 맞아!"

어이…… 기뻐해, 이오리.

너는 모르겠지만, 네 여동생은 너랑 다르게 오타쿠로서 올바르게 성장해나가고 있어.

"그럼 우리는 아무 짝에도 쓸모가 없겠네. 카토, 어떻게 할까?"

"으음~ 나는 무슨 목적이 있어서 여기 온 게 아니니까, 아무래도 상관없어."

부스 정비는 순식간에 끝나버렸고, 코믹마켓 개장 시간이 되려면 아직 30분이나 남았다.

나는 오늘 하루를 판매원을 하면서 보낼 생각이었다. 즉,

물건을 꺼내 진열하고 빈 박스를 정리하고 행사장 안을 뛰어다니면서 목청껏 호객 행위를 할 생각이었던 것이다. 하지만 내 일정은 코믹마켓이 시작되기도 전에 박살 나버리고 말았다.

아, 행사장 안에서 뛰어다녀선 안 됩니다요~.

"무슨 소리를 하는 거예요! 아무 짝에도 쓸모가 없다니요!"

"응?"

"응?"

하지만 내가 방금 농담 삼아 한 말이 마음에 들지 않았는지, 이즈미는 약간 울먹거리면서 나를 노려보았다.

"선배가 와줬잖아요. 3년 전까지만 해도 친구의 여동생에 불과했던 제 부스에 와줬잖아요! 그것만으로도 정말 기뻐요!"

"으, 으음, 그건, 그러니까…… 그렇지?"

"이 상황에서 나한테 말꼬리를 돌리지 말라구."

티켓도 받았고, 어차피 코믹마켓에는 3일 다 참전할 생각이었고, 지인의 서클에 인사를 하러 찾는 것은 당연한 일이고…….

그런 코믹마켓의 상식은 지금의 이즈미 앞에서는 아무런 의미도 없을지도 모른다.

"선배는, 선배는…… 토모야 선배는, 저에게 있어, 특별한……."

"이, 이즈미?!"

"아……."

울먹거리고 있는 그녀의 눈동자에서 한 줄기 눈물이 흘러
내렸다.

……정말 쉽게 감격하는 애구나.

"만약 선배가 없었다면 저는 지금 이 자리에 있지 않았을
거예요. 『리틀랩』에 이렇게 빠지지도 않았을 거라고요……."

"알았어. 알았으니까…… 진정해."

나는 호주머니에서 어제 얻은 『그 눈의 프리즘』 캐릭터 스
카프를 꺼내 이즈미에게 내밀었다.

"……그 "만약" 쪽이 훨씬 정상적인 것 같은데 말이야."

그리고 등 뒤에서 들려오는 카토의 리얼 트윗글은 일단
묵살하기로 했다.

"그러니까 선배…… 선배는 이곳에 있어주기만 해도 돼
요. 오늘 하루 동안 제 책을 읽고, 제 곁에서 책에 대해 이
야기하며, 미소 띤 얼굴로 저를 지켜봐 주기만 하면 돼
요……."

"응. 응…… 알았어."

"으음, 이즈미 양은 나를 아키 군의 여친으로 오해하고 있
지? 그럼 이런 태도를 취해선 안 되는 것 아냐?"

"그저 동경하는 선배에게 친애(親愛)의 정을 드러내고 있

는 것뿐이겠지. 그렇게 삐뚤어진 눈으로 보지 마."

"아키 군과 『동경하는 선배』라는 단어 사이의 상성이 나빠서 그런 거야."

"카토 너, 좀 전부터 왜 계속 시비조인 거야?"

어? 그러고 보니 카토가 오늘은 좀 개성적인 것 같은데?

※　※　※

"흐음~ 심플한 책이네. 응, 나는 마음에 들어."

"……흰색을 바탕으로 해서, 꽤 베이직한 디자인으로 만들었네."

"죄송해요……. 실은 표지를 그릴 시간이 없었어요."

특별 이벤트가 끝나고 개장을 10분 앞둔 행사장 안의 긴장감은 점점 강해져가고 있었다.

그리고 좀 전부터 양옆에 있는 서클 멤버들은 날카로운 눈빛으로 나를 쳐다보고 있었다…….

뭐, 방금 전에 한 여자애를 울렸을 뿐만 아니라 지금은 여자애 두 명과 함께 여성향 동인지를 파는 부스에 앉아 있는 남자를 미심쩍은 눈으로 쳐다보지 않는 게 무리겠지만 말이다.

그래도 지금 관심을 가져야 하는 것은 이즈미의 신간이다.

이즈미의 옆자리에 앉은 나는 두근거리는 마음으로 페이

지를 넘겼다.

자, 이즈미는 어떤 동인지를 만든 것일까…….

"실은 사과드릴 일이 또 있어요. ……그 책, 중간부터 펜 터치가 안 되어 있어요……."

"그런 사과는 후기에서 짤막하게 하면 돼."

그런 것을 가지고 사과한다면 이 행사장 전체가 사과와 환불을 요구하는 원성으로 가득 차버릴 것이다.

"실은 일전에 선배를 만나러 간 그날이 원고 마감일이었 어요. 그래서 밤샘을 하고 간 바람에 다리가 후들거려 죽을 것만 같았어요……."

"어, 그날은 한 달 정도 전 아냐?"

"맞아요. 뭐가 잘못되기라도 했나요?"

"아, 아냐……."

에리리의 마감은 8월이었습니다요.

그리고 이벤트 일주일 전, 아니 며칠 전에 원고를 보내는 서클도 몇 군데 알고 있습니다요.

아마 그게 인쇄 부수가 적은 서클의 비애겠지.

부수가 많으면 많을수록 마감이 늦춰진다니, 이것도 인쇄 업계의 7대 불가사의 중 하나일 거야…….

"뭐, 이런 건 그리는 사람만 즐거우면 되니까요!"

그런 역경에도 굴하지 않는다는 듯이, 이즈미는 힘차게

주먹을 쥐었다.

확실히 작품에서도 작가가 즐겁게 그리고 있다는 느낌이 물씬 풍겨 나오고 있었다.

"동인지를 만들기 시작한 후로 아직 1년밖에 안 됐지만, 즐거운 일이 정말 많았어요. 앞으로도 같은 취미를 가진 사람들과 오랫동안 교류할 수 있으면 좋겠어요."

그림도 나쁘지 않았다. 아니, 인쇄 부수가 100부밖에 안 되는 서클의 작품이라는 사실이 믿기지 않을 정도의 완성도였다.

하지만, 내용이······.

내용도 딱히 재미없지는 않았다.

콘티 또한 탄성이 터져 나올 만큼 잘 짜여 있었다. 하지만······.

"그래도 주인공이 중심이라서 같은 장르 안에서도 동지가 얼마 없는 편이에요."

"흐음~ 연애 게임 동인지인데도 주인공이 너무 많이 나오면 안 좋은 거야?"

이즈미의 책을 읽던 카토가 의문을 입에 담았다.

확실히 나처럼 미소녀 게임을 좋아하는 남자와는 감성 자체가 약간 다른 걸지도 모른다.

"저기, 메구미 씨. 여성향 게임을 좋아하는 여자애들 중에는 주인공을 자기 자신의 분신이라고 생각하는 사람이 많아요."

"그래?"

"응. 자신이 남자 캐릭터와 사귄다고 생각하는 거야."

"그렇구나. 그래서 이 책의 주인공을 라이벌시하는 거구나."

뭐, 남자 캐릭터와 남자 캐릭터의 커플링을 상상하는 애도 있지만…… 그건 이쪽과는 다른 장르에서 많이 다루는 소재다.

"저, 그런 의미에서 보자면 마이너리티예요. 게임 세계관이나 스토리를 보완하는 걸 좋아하거든요."

"아, 그런 것 같아……. 배경도 심혈을 기울여서 그린 것 같네."

확실히 배경도 꽤 신경 써서 그렸다.

이즈미의 책은 생각했던 것보다 완성도가 높았다.

"그리고 주인공이 연인과 행복해졌으면 좋겠다는 생각이 강해요……. 그래서 안 팔리는 걸 거예요, 아하하."

"아, 그런 것 같아……. 주인공인 여자애도 엄청 귀엽게 그렸잖아."

"아, 고마워요! 선배가 그렇게 말해주니 정말 기뻐요!"

……이런저런 이야기를 나누는 사이, 좀 전에 이즈미가 예고했던, 펜 터치가 안 된 부분에 돌입하고 말았다.

캐릭터도, 배경도, 전부 연필로만 그려서 그런지 앞 페이지와는 느낌이 달랐다.

이 연필그림도 에리리가 그린 것과는 대조적이었다. 다수의 연필 선으로 복잡하게 장식되어 있어, 독자 입장에서는 어느 선을 중점적으로 보면 될지 감이 오지 않았다.

중간까지는 정말 열심히 그렸는데, 여기서부터 완성도가 확 떨어졌一.

"…………어."

"그러고 보니 나도 얼마 전에 이 게임 했었어. 아키 군의 방에서 말이야."

"아, 그래요? 그럼 메구미 씨도 이제 리틀래퍼네요!"

"……리틀래퍼인지 아닌지는 모르겠지만, 『1』을 조금 해봤어."

"이즈미."

"와~ 좋겠다……. 저는 아직 『1』을 해보지 못했어요~. 이 시리즈에 빠졌을 즈음에는 『1』이 돌아가는 하드를 손에 넣을 수가 없더라고요."

"……뭐, 2세대 전의 게임을 플레이할 수 있는 아키 군의 방이 이상한 걸지도 몰라."

"이즈미……."

"최신 하드용으로 리메이크되는 걸 손꼽아 기다리고 있지만…… 정말 좋겠어요. 그런데 메구미 씨. 메구미 씨는 누구 엔딩을 봤어요?"

"아~ 으음…… 뭐시기라는 사람?"

"에랄? 세르비스? 지어스? 아니면 심포뉴 님?!"

"으, 으음…… 이즈미 양? 『1』은 플레이해보지 않았다고—."

"이즈미!"

바로 그 순간, 내 고함 소리 때문에 사이좋게 대화를 나누던 두 사람뿐만 아니라 양옆 서클에 있는 사람들까지 입을 꾹 다물었다.

미안한 마음이 들지 않는 것은 아니지만…… 지금은 그럴 수밖에 없었다.

"토모야 선배……?"

"아, 아키 군? 저기, 괜찮아?"

두 사람이 걱정스러운 눈빛으로 나를 쳐다보았다.

그것도 무리는 아닐 것이다.

아마도 나는 온몸으로 식은땀을 줄줄 흘리고 있을 테니까 말이다.

……뭐, 여름 코믹마켓에 온 오타쿠 중 다수가 그런다는 건 일단 제쳐놓자.

"이즈미…… 너, 서클을 시작하고 몇 년 됐다고 했지?"

"으음, 이제 겨우 1년 됐어요. 그 전까지는 소비형—."

"1년 만에 너는 이런 걸 그린 거야? 그것도 혼자서……?"

"으음, 그 책 한 권에 1년이나 걸리지는 않았어요. 한 달하고 보름쯤 걸렸을걸요?"

그런 의미가 아니라…… 아니, 그것도 꽤 대단하지만 말이야.

"뭐, 그렇게 시간을 들이고도 완성을 못 한 저 자신이 정말 한심해요. 아하하."

"……."

"아키 군. 정말 괜찮아?"

이즈미의 대답을 듣고도, 내 몸에는 여전히 소름이 돋아 있었다.

심장의 고동이 점점 격렬해져 가는 것이 느껴졌다.

이건 뭐야. 이 책은 대체 뭐냐고……?!

이오리, 이게 대체 어떻게 된 거야…….

"어이, 이즈미……."

필사적으로 가슴을 진정시킨 나는 마음속에서 끓어오르는 무언가를 억누르고, 냉정을 가장하면서 이즈미에게 말을 걸었다.

"이 책, 다 팔면 안 되는 거야? 혹시 화제가 되는 건 싫어?"

"……예?"

"역시 책을 파는 것보다 팬들과 이야기를 나누는 게 더 좋아? 인기 같은 건 얻지 않는 편이 더 좋은 거야?"

"토모야 선배……?"

"……팔리지 않는 편이 더 좋은 거야?"

내가 방금 한 말은 제삼자의 입장에서 들으면 영문 모를 헛소리처럼 들릴지도 모른다.

……아니, 자기가 헛소리라고 생각한 시점에서 그것은 헛소리가 분명했다.

그 사실을 증명하듯, 나의 무지막지하게 진지하고 후덥지근한 시선을 받은 이즈미는 뭘 어떻게 하면 좋을지 모르겠다는 듯이 멍한 표정을 지었다.

"아, 아하……."

하지만 잠시 후, 천천히, 천천히 그 표정이 무너지기 시작하더니…….

"아, 아하하, 아하하하하."

그리고 결국, 더는 참지 못하겠다는 듯이 웃음을 터뜨렸다.

"무슨 소리 하는 거예요~. 안 팔리는 편이 더 좋다고 생각하는 동인 작가가 세상천지에 어디 있겠어요, 선배~."

"그, 그렇지?!"

"당연하죠~! 동인지를 만드는 건 즐겁고, 재미있고, 기쁜 일이에요. 그리고 겸사겸사 잘 팔리기까지 한다면 최고일 거라고요!"

"그래도 다른 사람들의 입에 오르락내리락하는 건 싫지

않겠어⋯⋯?"

"책이 잘 팔리면 예전보다 제 작품에 대해 이야기할 사람이 늘어날 거잖아요. 그건 대환영이라고요!"

"이 책이 팔려도⋯⋯ 괜찮은 거지?"

"제가 좀 전에 한 말은 그중에서 무엇이 가장 중요한가, 였어요. 어디까지나 제가 즐거운 게 중요하다는 말이었을 뿐이에요."

허락은, 받았다⋯⋯.

"아, 그래도 책이 안 팔리는 것에 대한 변명이 개미 눈물만큼은 섞여 있었을지도 몰라요⋯⋯. 아하하."

그렇다면⋯⋯ 최선을 다할 뿐이다.

"카토!"

"응~?"

카토를 향해 고개를 돌려보니, 방금 전까지 나를 걱정해주던 그녀는 스마트폰을 만지작거리고 있었다. 이 안은 전파가 잘 안 터지는 걸 아직도 모르는 걸까.

"미안하지만 나, 잠깐만 따로 행동하겠어! 폐관 시간이 되기 전에 꼭 돌아올게!"

"서, 선배⋯⋯?"

"아~아⋯⋯ 알았어~."

의자에서 일어나 부스 밖으로 나가려는 나를 어찌할 도리 없이 그저 바라만 보고 있는 이즈미와, 처음부터 아무

짓도 할 생각 없었다는 듯이 그냥 쳐다만 보는 카토.

이즈미의 의문과 슬픔이 뒤섞인 표정을 보자 마음이 아파 왔지만, 지금은 그것보다 더 중요한 일이 있었다.

그리고 그것은 그녀를 위한 일이기도 할 것이다.

"그리고, 이거!"

"예?"

"한 부 팔아! 내 꺼! 보존용!"

마지막으로 책상 위에 500엔짜리 동전을 쾅 소리가 나게 내려놓은 후, 나는 동관 밖으로 튀어나갔다.

목적지는…… 근처에 있는 인쇄점!

"뛰~지~좀~말~라~고!"

"죄송합니다~!"

……나는 준비회 스태프를 향해 고개를 숙이며 사과한 후, 가능한 한 빠른 걸음으로 걸었다.

※　※　※

"잔돈 여기 있어요. 구매해주셔서 감사합니다."

"……."

"이즈미 양"

"……."

"이즈미 양?"

"예? 아, 예. 왜 그러세요?"

"500엔짜리 동전이 다 떨어져 가는데, 따로 준비해뒀어?"

"아, 지갑 안에 500엔짜리가 몇 개 더 있어요……."

"그럼 좀 바꿔줘."

"예……."

"부스에 오는 사람이 확 줄었네."

"그러, 네요……."

"뭐, 점심시간이니까 당연한 걸지도 몰라."

"……."

"그리고 오늘은 말 걸어오는 손님도 적었잖아. 아마 이쪽 분위기 때문 아닐까?"

"손님이 아니라, 참가자예요……."

"……그런 부분은 아키 군을 쏙 빼닮았네."

"……저기, 메구미 씨."

"왜?"

"토모야 선배는 어디 간 걸까요?"

"글쎄? 아마 밖으로 나간 것 같기는 한데, 어디 간 건지는 모르겠어."

"신경 쓰이지 않으세요?"

"아키 군은 항상 나한테 무관심한걸 뭐. 그러니까 나도 무관심할 거야."

"아, 혹시 조금 화났어요?"

"그래도 곧 있으면 돌아올 거야."

"하지만 다른 볼일이 생긴 것 아닐까요? 그렇게 허둥지둥 뛰어나가는 걸 보면……."

"그렇지 않을걸? 아키 군이 필사적이 된 건 이즈미 양을 위해서일 거야."

"……그런 걸 어떻게 알아요? 어째서 그렇게까지 선배를 믿을 수 있는 거죠?"

"으음, 눈곱만큼도 믿지 않기 때문에 알 수 있는 거야."

"아, 역시 조금 화난 거죠?"

"저기……."

"응? 왜 그래? 이즈미 양."

"메구미 씨는…… 진짜로 토모야 선배의 애인인가요?"

"아니, 메인 히로인이야."

"……그게 뭐죠?"

"글쎄. 그게 뭘까?"

※　※　※

"미안해! 조금 늦었어!"

내가 다시 빅사이트의 동관에 돌아온 것은 오후 한 시를 약간 지났을 즈음이었다.

"서, 선배……!"

파리만 날리고 있는 부스에 있던 이즈미는 나를 보자마자 울먹거리기 시작했다. 정말 쉽게 감격하는 녀석이라니깐.

"아, 어서 와."

그리고 카토는 스마트폰에서 눈을 떼지 않은 채 그렇게 말했다. 정말 언제나 너무한 녀석이라니깐.

하지만 카토의 평소와 다름없는 반응을 본 나는 감사한 마음마저 들었다.

지금 생각해보니 카토가 화내면서 돌아가더라도 할 말 없는 상황이었다. 나, 카토에게 너무 무관심한 거 아닐까?

"저기, 카토. 너, 공작 같은 거 잘해?"

"으음, 남들만큼은 해."

"그래? 그럼 좀 도와줘."

보통 저렇게 말하는 사람은 엄청난 실력자이거나 왕초보일 때가 많지만, 카토라면 사실 그대로 말해줬을 거라고 생각하면서 나는 부스 안으로 들어갔다.

"토, 토모야 선배. 저기, 그건 뭐예요……?"

내가 양손에 한가득 들고 있는 것들을 본 이즈미는 불안 섞인 목소리로 말했다.

"죄송하지만 이 공간 좀 쓸게요. 정말 죄송합니다~."

하지만 나는 이즈미의 질문에 답해줄 여유조차 없었다.

폐가 된다는 걸 알면서도, 나는 부스와 부스 사이에 있는 공간에 들고 있던 짐들을 펼쳐놓았다.

가장 먼저 눈에 들어온 것은 A2 사이즈의 목제 간판이다.

실은 이 간판에는 원래 이 주변에 있는 서클과는 전혀 다른 장르의 그림이 붙어 있었다.

……방금 전에 준비해 온 상품을 다 판 벽서클을 찾아가서 빌려온 것이다.

"카토. 이쪽으로 와서 이것 좀 펼쳐봐."

그리고 어깨에 짊어지고 있던 포스터 통을 펼친 후, 그 안에서 A2 사이즈의 커다란 종이를 꺼내 카토에게 건넸다.

"이 포스터 말인데. 이 간판에 붙여주겠어? 아, 그쪽이 위쪽이야."

"대체 뭘 하려는 거야?"

"뭘 하려는 거긴. 책 팔려는 거지."

"흐음. 뭐, 알았어."

카토는 여전히 흥미 없는 듯이, 하지만 최대한 신중을 기울이면서 간판 위에 놓인 종이를 펼치기 시작했다.

"아, 이건……."

"우, 우와……. 서, 선배!"

그리고 서서히 펼쳐져 가는 종이에 그려진 그림을 본 카토와 이즈미는 내 예상대로 전혀 다른 리액션을 보였다.

카토는 약간 놀랐고, 이즈미는 꽤나 부끄러워하고 있었다.

"왜, 왜, 하필이면 이런 걸……?!"

"이런 거라니?"

그것은 이즈미가 만든 동인지의 확대 카피였다.

보통 간판용 포스터는 표지 그림을 이용하지만, 이즈미가 만든 이번 동인지의 표지는 새하얀 페이지에 타이틀만 적혀 있었다. 그야말로 치명적일 만큼 심플한 표지였기에 간판용 포스터로 쓸 수 없었다.

그래서 책 안의 장면을 잘라내 붙여서 만든, 아키 토모야 특제 본편 다이제스트 포스터를 간판에 붙이기로 했다.

게다가…….

"이건 미완성 페이지잖아요!"

그렇다. 이즈미가 부끄러워했던, 후반의 펜 터치가 안 된 부분만으로 이 포스터를 만든 것이다.

"미완성? 이게?"

하지만 이즈미의 반응을 깔끔하게 무시한 나는 완성된 간판 포스터를 당당하게 치켜들었다.

"어이, 카토……. 이거, 정말 엄청나지?"

"응. 정말 세밀하게 카피했어."

"아니, 내 말은 그게 아니라……."

뭐, 잘라낸 종이를 스캔한 후 해상도와 명암 등을 조절했고, 인쇄 과정에서도 몇 번이나 시행착오가 있기는 했다고.

그래서 이렇게 시간이 걸린 거야.

하지만 내가 지금 어필하고 싶은 건 그게 아니라…….

"농담이야. 확실히 이 부근의 페이지가 가장 엄청났어."

"메구미 씨……?"

카토가 자랑스러워하는 듯한 눈빛으로 포스터에 그려진 그림을 올려다보았다.

"이즈미! 책은 이제 몇 부나 남았지?"

"아, 으음…… 60부 정도? 예요."

그렇다면 오전 동안 40% 정도 팔린 건가.

보통은 오후에 더 많은 양을 파는 것은 불가능하지만…….

"그럼 한 시간 안에 매진시키는 것을 목표로 하자."

"선배……?"

믿기지 않는 일이 일어나는 것이, 동인지 즉매회의 묘미잖아?

※　※　※

"자~ 보고 가십시오~!"

"잘 부탁드립니다~!『리틀랩3』책입니다~!"

그리고 후반전이 시작되었다.

전반전 때와는 다른 멤버, 그리고 다른 작전을 투입한 이 싸움은 개시 3분 만에 찬스를 만들어냈다.

서클 사이에 난 길을 단순히 통로라고 생각하면서 지나가던 남성 참가자가 길 한편에 선 내가 치켜들고 있는 간판을 보고 걸음을 멈췄다.

연필 러프로 만든 이질적인 포스터를 기이하다는 듯이 쳐다보던 그 참가자는 서서히 그 간판에 다가가 잠시 동안 간판에 붙은 포스터를 응시했다.

그리고 부스에 쌓여 있는 표지가 새하얀 책을 의아한 표정을 지으면서 바라보았다.

그 남성 참가자는 잠시 동안 고민한 후, 드디어 책을 펼쳤다.

하지만 처음에는 반응이 그렇게 좋지 않았다. 그 참가자는 간판과 책을 번갈아 바라보면서 페이지를 넘겼다.

나는 그 모습을 기도하는 듯한 마음으로 노려보듯 지켜봤다.

조금만 더, 조금만 더……

후반부 페이지를 보기만 하면……

그리고 잠시 후, 남성의 반응, 아니 페이지를 넘기는 속도가 달라졌다.

그 순간, 간판을 쥔 내 손에도 힘이 들어갔다.

그 남성이 페이지를 넘기는 속도가 점점 빨라졌다.

그뿐만 아니라, 앞 페이지로 돌아와 다시 책을 읽기 시작했다.

그리고 점점 시뻘겋게 달아오르는 그의 얼굴을 본 나는 통쾌하기 그지없었다.

……이 책을 처음 읽었을 때의 나와, 완벽하게 똑같은 리액션을 보이고 있었기 때문이다.

그러니, 이미 승부는…….

"저기, 한 권 주세요."

"감사합니다~!"

거 봐, 이길 줄 알았다니깐.

나는 오전에 이즈미가 하는 말을 들으면서 위화감을 느꼈다.

그것은 바로 "항상 찾아주는 사람들의 얼굴은 아예 외워버렸다."는 부분이었다.

처음에는 그것이 이 리틀랩 장르를 좋아해서 모여드는 사람들을 뜻한다고 생각했다.

하지만 실은 그렇지 않았다.

왜냐하면 리틀랩의 팬이 수십 명 정도밖에 안 될 리가 없기 때문이다.

게다가 이 중소 서클이 모여 있는 공간에는 리틀랩 관련 작품을 다루는 서클이 수없이 존재한다. 그러니 리틀랩 관련 작품 전체가 목적인 사람이라면 특정 부스에서 이야기나 나누면서 시간을 보내지 않을 것이다.

그렇다면…….

그 사람들의 목적은 『리틀랩』이라는 장르 안에서도, 『하시마 이즈미』라는 작가가 만든 책인 것이다.

그렇다. 그녀의 책에는 리틀랩이라는 장르에 애정이 없는 사람도 사게 만들 정도의 힘이 있었다.

거꾸로 말하자면, 리틀랩을 좋아하는 사람에게 있어서는 미묘한 책이었다.

이즈미 본인도 말했듯, 이 책은 리틀랩이라는 장르 안에서도 마이너 카테고리에 속하기 때문이다.

그렇기 때문에 리틀랩 장르에 관심이 없는 사람들의 시선도 끌 필요가 있었다.

하지만 제목만 달랑 적힌 표지에, 샘플도 전시해놓지 않은 상태에서 사람들의 시선을 끄는 것은 무리였다.

부스에서 책을 읽어볼 수 있지만, 그러려면 우선 상대가 이 책을 펼쳐보게 만들어야 한다.

책만 펼치게 만들면, 아니, 후반부까지 보게 만들 수 있느냐 없느냐가 이 책의 승부처인 것이다.

거꾸로 말하자면, 거기까지 끌어들이기만 하면 승리는 확정된 것이나 다름없다.

"예? …… 네 권이나요? 으, 으음, 그렇게 많이요?"

"아~ 혹시 한정판도 있나요?"

"아, 그런 건 없는데……."

"죄송합니다만 한 분당 두 권씩만 판매합니다!"

"아, 선배……?"

"아~ 역시 그렇군요……. 그럼 두 권만 주세요."

"저기, 대체 왜……."

"뒤쪽 좀 봐. 저렇게 많은 사람들이 줄을 서 있다고!"

"아……."

"우와…… 만 엔짜리가 들어왔어. 아키 군, 어떻게 해?"

그 정도로 이 책의 후반부는 엄청났다…….

캐릭터도, 배경도, 전부 연필만으로 그려져 있었다.

그리고 연필만으로 그린 그 그림조차도 에리리와 달리 여러 줄의 연필 선으로 복잡하게 꾸며져 있기 때문에 독자 입장에서는 어느 연필 선에 맞춰 봐야 할지 감이 오지 않았다.

하지만 그 완성도는 전반부에 비해 떨어지기는커녕…….

그 여러 줄의 연필 선에서 캐릭터의 실루엣이 떠오르는 듯한 느낌이 들 정도의 입체적인 조형, 그리고 너무나도 열정적인 에너지.

그리고 스토리가 합쳐져, 후반부의 텐션은 상상도 못 할 만큼 치솟았다.

특히 마지막 다섯 페이지는 그야말로 압도적이었다.

전반부와는 밸런스가 전혀 맞지 않았다.

분명 이즈미 자신도 제어하지 못할 만큼 흥이 난 것이리라.

아니, 표지조차 그릴 시간이 없었다면서 후반부에 이렇게 힘을 쏟아도 되는 거야?

작품으로서는 몰라도, 상품으로서는 낙제점이었다.

자기가 그리고 싶은 것만 그렸을 뿐만 아니라, 표층적인 어필은 아예 하지도 않았다.

이즈미 너, 이 책을 만들면서 아무 생각도 안 했지?

자, 문제입니다.

그럼 이 책을 팔려면 어떻게 해야 할까요?

정답은 간단하다. ……이 『엄청난 후반부』를 대중에게 보여주면 된다.

나는 그런 간단한 짓밖에 하지 않았다.

하지만…….

"죄송합니다! 매진됐습니다!"

"정말, 정말, 감사합니닷!"

그런 간단한 짓만으로도 남은 60부는 겨우 35분 만에 매진되고 말았다.

줄을 섰지만 책을 사지 못한 수십 명을 남긴 채 말이다.

※　※　※

덜컹 하는 귀에 익은 소리를 내면서 자판기의 배출구에 콜라가 떨어졌다.

동관 셔터에서 밖으로 빠져나온 곳에 있는 건물 외곽 쪽에는 전리품을 확인하는 전사들로 북적대고 있었다.

쇼핑을 끝낸 일반 참가자들이 먹을거리를 찾아 포장마차로 모여들고, 팔 물건이 없어진 서클 참가자들이 택배 접수처로 모여들 시각인 오후 세 시.

나는 콜라의 뚜껑을 연 후, 단숨에 들이켰다.

"우와, 미지근해……."

역시 이 시간대에 이 장소에 있는 자판기에서 산 음료수가 차갑기를 바라는 것 자체가 잘못이었다.

직사광선을 피하기 위해 벽 근처로 이동한 후, 새하얀 콘크리트 벽에 등을 맡긴 채 하늘을 올려다보았다.

해가 기울어가고 있지만, 여름의 더위와 이 행사장의 열기는 아직 가실 기색조차 보이지 않았다.

"……휴우."

그러고 보니 나도 평소보다 더 뜨거워졌다.

한 권의 책을 팔기 위해 대체 얼마나 뛰어다니고, 얼마나 시간과 싸웠던가.

원고를 입고한 후의 동인 서클에게 이런 아슬아슬한 수라장이 존재하는 줄은 꿈에도 생각하지 못했다.

뭐, 그래도 노력한 것 이상의 성과를 냈고, 엄청난 책과도 만났다. 게다가 새로운 보물과 재회하기까지 했다.

정말 동인지를 읽고 이렇게 가슴이 두근거린 게 얼마만―.

"괜한 짓을 벌여줬는걸, 토모야 군……."

그리고 내가 미지근한 콜라로 혼자서 축배를 들고 있을 때, 어느새 나타난 짜증 나는 녀석이 나처럼 벽에 등을 맡겼다.

뭐, 솔직하게 말하자면 이 녀석이 나를 찾아올 거라고 예상은 하고 있었다.

"이오리…… 너야말로 나를 속였잖아."

"무슨 소리야?"

"뭐가 〃동인 작가로서는 좀.〃이야!"

"응. 이즈미는 동인 작가로서는 좀 천재야."

"너……."

"뭐, 아직 덜 다듬어졌지만 말이야. 그래서 퀄리티가 한결같지 못해."

궤변을 듣고 짜증나기는 했지만, 나는 이즈미에 대한 이오리의 평가를 듣고 아주 약간이지만 안도했다.

그것도 그럴 것이, 나와 거의 같은 평가였기 때문이다.

"질투심이 끓어오르는걸……. 10년 전부터 엘리트 오타쿠였던 우리를, 3년 전에 어디 사는 나쁜 남자에게 물들어 이쪽 세계에 들어온 새내기 오타쿠가 추월해버렸으니까 말이야."

"너…… 크리에이터에 미련이 남은 거야?"

"미련 따위는 눈곱만큼도 없어. 자신의 혼을 깎아 작품을 만들어내는 그런 비효율적인 짓, 나는 싫거든."

"그럼 애수 어린 목소리로 그딴 소리 하지 말라고! 쓸데없는 오해를 할 뻔했잖아!"

까딱하면 '아아, 이 녀석에게도 이런 면이 있었구나.' 같은 생각을 하면서 다시 볼 뻔했다.

그리고 『나쁜 남자』는 대체 누구야? 너보다 더 나쁜 녀석이 이 세상에 존재하기는 하는 거야?

"뭐, 두각을 나타낸 이상 어쩔 수 없지. 언젠가는 『리틀랩』에서 졸업하게 한 후, 여러 장르로 승부하게 할 생각이었어."

"그리고 만반의 준비를 한 후 『rouge en rouge』로 데뷔시킬 생각이었던 거지?"

확실히 저 장르에 갇혀 있어서는 이즈미가 더 큰 인기를 얻는 것은 힘들 것이다.

그것은 그녀에게 있어서도, 언젠가 그녀의 작품을 접할 유저에게 있어서도 불행한 일이라고 나도 생각한다.

"하지만 지금은 그때가 아니었어. 한동안은 느긋하게 지내게 할 생각이었거든. 적어도 2, 3년 정도는 말이야."

"뭐, 이즈미는 아직 중학생이니까 그편이 낫겠지."

"그래서『rouge en rouge』쪽에 땜빵을 준비하려고 하는 거야."

"땜빵…… 잠깐, 너, 설마?!"

그 땜빵이 바로 에리리인 거냐……?

"물론 땜빵이라고 해도, 인기 작가의 반열에 오르기 위한 지름길인 건 틀림없잖아? 나 또한 그녀를 가볍게 여기고 있지는 않아."

"하지만 그건……."

그 녀석의 현재 실력에 의지하기만 할 뿐, 그녀를 성장시킬 생각은 눈곱만큼도 없다는 것이다.

"카시와기 에리는 이미 완성됐어. 그렇게 젊은 나이에 말이야. 그건 네가 가장 잘 알고 있잖아?"

"그건……."

알고 있지만, 왠지…….

본인의 귀에 그 말이 들어가게 해서는 안 된다는 생각이 들었다.

"토모야 군……. 나는 너를 좋아하지만—"

"으아아아앗! 더는 아무 소리도 하지 마! 다가오지도 마!"

"……끝까지 말해야 오해가 풀릴 것 같으니 굳이 말하겠어. 나는 너를 좋아하지만, 이번 일로 약간 싫어졌어."

이오리는 여전히 가벼운 미소를 머금은 채—

평소보다도 날 선 목소리로 나를 향해 말했다.

"이즈미를 세상이라는 이름의 거친 풍파 앞에 서게 만들었어. 아직 중3밖에 안 된 그 애를 말이야."

"내가 있든 없든, 언젠가는 그렇게 됐을 거야. 그 정도 재능이 세상에 드러나는 건 결국 시간문제라고."

"그래도 네가 없었으면 한동안은 몇몇 열광적인 신도만 있는 인기 없는 동인 작가인 채로 평화롭게 지낼 수 있었을 거야."

"자신의 작품이 많은 사람들에게 알려지는 것 또한 동인 작가에게 있어서는 매우 중요해. 비평이 작가를 성장시키니까 말이야."

"그리고 질투로 점철된 인터넷상의 중상모략을 견뎌내라는 거야? 이즈미가 견뎌내지 못하고 부서져버리면 어쩔 건데?"

"그런 것들로부터 작가를 지켜주는 것이 프로듀서의…… 오빠의 역할이잖아."

"……그럴지도 모르지."

그렇다……. 이즈미처럼 작품을 만드는 것 이외에는 아무것도 모르는 작가에게야말로, 우수한 프로듀서가 필요하다.

그리고 적임자가 가족 중에 있기 때문에, 나는 오늘, 이즈미의 재능을 많은 사람들에게 공개한 것이다.

응? 잠깐만······. 나, 이 녀석을 신뢰하는 건가?

옆을 바라보니, 이오리는 미소를 머금은 채 하늘을 올려다보고 있었다.

그러고 보니 이 녀석은 피부가 하얄 뿐만 아니라 땀 한방울 흘리지 않았네······.

왜 이런 비주얼계 미남이 오타쿠 업계에서 커다란 야망을 키워가고 있는 거냐고.

"자아, 내일은 3일 차야. ······토모야 군, 너와 내가 승부를 하는 날이지."

그렇다. 내일은 3일 차.

이오리의 『rouge en rouge』와 에리리의 『egoistic lily』가 승부를 벌이는 날이다.

"나는 『egoistic lily』와 아무런 관련도 없어. 뭐, 그래도 에리리가 이기겠지만 말이야."

"그건 불가능해. 판매량 자체가 차원이 다르거든."

"매상 같은 건 신경 안 써. 내용으로 승부하자고."

"그럼 어떻게 승패를 판정할 거지?"

"할 필요 없어."

"그게 무슨 소리야?"

"간단하게 말해, 아무리 매상 면에서 차이가 나더라도 우리는 결코 꺾이지 않는다는 소리야."

팔리지 않더라도 즐거우면 된다. 기쁘면 된다.

오늘, 그런 불굴의 의지를, 끝없는 향상심을 일깨워준 사람이 있다.

그렇기 때문에 나는 질 수 없다.

"뭐, 일단 내일을 기대하겠어."

"에리리의 이번 책도 완성도가 끝내줘. 능욕 계열인 게 좀 흠이지만 말이야."

"그거 기대되는걸. 나도 꼭 입수해야겠네. 아, 물론 교환이 아니라 돈을 내고 살 거야."

"어이, 미성년자는 성인물을 사면 안 된다고!"

※　※　※

"흐, 흐윽…… 아하하, 우에에에에엥……."

"아, 어서 와. 아키 군."

"…………다녀왔어."

부스에 돌아와 보니, 이즈미는 여전히 울고 있었다.

이 분위기를 견딜 수가 없어서 바람 좀 쐬고 오겠다는 핑계로 도망갔던 것인데…….

"서, 선배, 선배…… 토모야 선배애애애애~!"

"아~ 그래그래. 이제 좀 진정해, 이즈미."

"하지만, 하지만, 이건…… 이건…… 우, 우에에에에에엥~."

그 극적인 매진 사례가 발생하고 몇 분 후.

이즈미는 이벤트를 준비할 때처럼 눈 깜짝할 사이에 철수 작업을 끝냈다.

그리고 다시 의자에 앉은 그녀는 아무것도 놓여 있지 않은 테이블을 한동안 바라본 후…… 그 테이블 위에 닭똥 같은 눈물을 떨어뜨리면서 울음을 터뜨렸다.

"이제 곧 이벤트가 종료될 시간인데 그런 얼굴로 밖에 나갈 수는 없잖아? 그러니까 좀 진정해."

"괜찮을 것 같은데? 엄청난 복장을 한 사람들이 이 주위를 당당하게 돌아다니잖아."

"쓸데없는 딴죽 좀 날리지 마, 카토……."

도망쳐버린 나를 대신해 이즈미의 곁에 있어준 카토는 여전히 상냥한 눈길로 그녀를 바라보고 있었다.

"저, 동인 활동을 시작한 후로, 이렇게 기뻤던 적, 없어서……."

"이즈미 양……."

실은 카토만이 아니었다.

양옆과 맞은편에 있는 서클 사람들도 계속 히죽히죽…… 아니, 빙긋빙긋 웃으면서 이즈미를 바라보고 있었다.

게다가 책이 매진된 후, 책을 사지 못했던 사람들까지 축

하의 박수를 쳐줬다. 벽서클이나 인기 서클이 있는 구역에서는 맛볼 수 없는, 중소 서클 구역 특유의 상냥함을 오래간만에 맛본 듯한 느낌이 들었다.

이런 것도 동인의 묘미지.

이래서 동인을 관두지 못하는 거라니깐…….

내가 그런 생각을 하면서 이벤트가 종료될 때까지의 얼마 안 되는 시간을 느긋하게 보내고 있을 때―

"토모야……?"

"어?"

목소리가 들린 곳을 향해 고개를 돌리자, 그곳에는 내 기억에 존재하지 않는 복장을 한 사람이 있었다.

헐렁헐렁한 멜빵바지와 흰색 티셔츠. 말아 올린 머리카락은 커다란 모자 안에 집어넣었으며, 얼굴에는 검은색 뿔테 안경을 쓰고 있었다.

이 행사장과는 정말 잘 어울리는 패션이지만, 저 인물과는 절망적일 정도로 어울리지 않았다.

하지만 이윽고, 나는 상대가 누구인지 눈치챘다.

모자 밖으로 살짝 삐져나온 머리카락의 색깔을 보고서…….

"에리리?"

"어? 사와무라 양?"

그렇다. 그 황금색 머리카락이 눈앞에 있는 인물이 누구인지 밝히고 있었다.

사와무라 스펜서 에리리……의 변장 모드인 것이다.

오타쿠 은폐도 이 정도로 철저하게 해대니, 그야말로 감탄을 자아내는군.

"토모야가 왜 여기에……."

"그러는 너야말로 왜 여기에 있는 거야?"

"아, 나는…… 부스 준비 상황을 체크하러 왔어."

"아, 그런 거야……?"

그 말을 듣고 납득하려던 내 머릿속을 약간의 위화감이 스치고 지나갔다.

다음 날 오픈하는 부스의 준비 작업은 한 시간 후…… 즉, 오늘 이벤트가 완전히 끝난 후에 시작된다.

게다가 에리리의 서클은 동관 1이다. 동관 5인 이곳과는 다른 건물에 있는 것이다.

"그런데 너와 카토 양은 뭐 하러 온 거야?"

"아, 실은 이 애…… 이즈미 양의 서클을 도우러 왔어."

"뭐……."

카토는 옆에 있는 이즈미의 머리 위에 손을 올리면서 그렇게 말했다. 그 말을 들은 에리리는 깜짝 놀랐는지 눈을 약간 치켜떴다.

"어…… 혹시 사와무라 선배세요? 우와, 와주셔서 고마워요!"

"하시마, 이즈미…… 양."

이즈미의 눈을 아직 빨갛지만, 에리리가 찾아와줬다는 사실을 알고는 필사적으로 미소 지으려 했다.

"그래……. 두 사람 다 이즈미 양을 도우러 온 거구나."

"이즈미 양은 오늘 준비한 책을 전부 다 팔아치웠어. 정말 대단하지?"

카토는 이즈미의 머리를 쓰다듬어주면서 말했다.

"하나도 대단하지 않아요……. 저는 아직 한참 멀었어요!"

머리를 흔들어 카토의 손을 떨쳐낸 이즈미는 금방이라도 눈물을 흘릴 것 같은 미소를 지으면서 말했다.

"제 책이 팔린 건 토모야 선배가 최선을 다해줬기 때문이에요……."

그렇다. 그것은 그녀를 지켜보는 모든 이들의 마음을 따뜻하게 만들고도 남을 듯한, 최고의 미소였다.

그렇다고, 생각했다.

"토모야가……?"

"아, 딱히 대단한 일을 한 건 아닌데……."

"무슨 소리 하는 거예요! 정말 대단했단 말이에요! 제 말 맞죠? 메구미 씨!"

"이즈미 양은 나도 도왔다는 걸 까맣게 잊은 것 같네."

"아, 아아~! 잊은 건 아니에요! 오해 마세요~."

"……."

그 후로도 이즈미는 울먹거리면서 뜨거운 목소리로 이야기했다.

……자신의 책에 대해서가 아니라, 내 무용담을.

마치 내가 오늘의 주역이라는 듯이.

손짓 발짓을 섞어가면서 끝도 없이 머신건 토크를 쏟아낸 것이다.

나는 그저 약간의 도움만 줬을 뿐, 이 모든 일은 이즈미의 재능이 이뤄낸 것인데도 말이다.

"아, 맞다……. 사와무라 선배. 이거, 받아주세요!"

"아……."

겨우겨우 (내) 자랑을 끝낸 이즈미가 자신의 가방 안에서 책 한 권을 꺼내 에리리에게 내밀었다.

"이건…… 제가 이번에 낸 신간이에요."

"괘, 괜찮아……. 매진됐다면서?"

"그러니 선배가 이 책을 받아줬으면 좋겠어요."

"뭐……."

"태어나서 처음으로 매진된 책이에요……. 제 추억이 될 책이라고요."

"태어나서, 처음으로……."

분명 그 말은 에리리의 머리가 아니라 마음에 정통으로 전해졌을 것이다.

지금은 매진이 당연지사가 된 에리리에게도, 분명, 태어나서 처음으로 자신의 책이 매진된 날이 있었을 테니까 말이다.

"받아줘, 사와무라 양."

"……."

카토도 알고 있다.

이 책이, 이 한 권의 책이 가볍지 않다는 사실을 말이다.

그것도 그럴 것이 방금 전 "친구에게 줄 책도 전부 팔아버렸다."라고 말하면서 이즈미가 가방 속에 소중히 집어넣은, 자신을 위해 놔둔 마지막 한 권이니까…….

"그럼…… 감사히 받을게."

"예. 고마워요."

그렇기에 에리리는 이즈미의 책을 받았다.

……책을 받는 순간, 왠지 에리리가 긴장한 것처럼 보였다.

"역시…… 리틀랩 동인지, 구나."

책을 펼친 에리리는 자신이 리틀랩 부스가 모여 있는 구역에 있다는 사실을 잊기라도 한 것처럼 그렇게 중얼거렸다.

"아. 혹시 리틀랩 싫어하세요?"

"아니…… 잘 모르는 것뿐이야."

"하지만 원작에 대해 잘 몰라도 분명 재미있을 거야. 나도 그랬거든."

"흐음, 그래……."

카토의 말에도 에리리는 건성으로 대답했다.

하지만 그녀의 손은 쉴 새 없이 페이지를 넘기고 있었다.

에리리는 극도로 집중한 상태에서 이 책과 마주하고 있는 것이다.

"……."

분명 에리리라면 한눈에 알 수 있을 것이다.

이 책의 퀄리티가 범상치 않은 수준이라는 사실을.

이즈미가 엄청난 재능을 지닌 작가라는 사실을.

"……윽."

드디어 후반부의 연필 러프 페이지에 돌입했다.

페이지를 넘기는 에리리의 손이 점점 빨라졌다.

그리고 앞 페이지로 돌아가서 다시 읽기 시작했다.

역시 에리리 또한 나나 이 책을 산 사람들과 같은 리액션을 취하고 있었다.

그렇기 때문에, 나는 알 수 있었다.

에리리도, 완전히, 하시마 이즈미 월드에 빠져들고 말았다는 사실을…….

『수고 많으셨습니다. 2일 차 코믹마켓을 종료하겠습니다.』

"……."

"어?"

네 시 정각이 된 순간.

코믹마켓 종료를 알리는 안내 방송, 그리고 참가자들의 뜨거운 박수 소리가 울려 퍼진 순간.

에리리는 마지막까지 읽은 그 책을 덮더니, 한숨을 내쉬면서 뭐라고 중얼거렸다.

그리고…….

"고마워, 이즈미 양……. 하지만 역시 이 책은 받을 수 없어."

"예? 대체 왜…… 사와무라 선배?"

덮은 책을 테이블 위에 내려놓았다. 이즈미에게 돌려준 것이다.

"미안해…… 정말, 미안해."

망연자실한 얼굴로 자신을 쳐다보는 이즈미의 시선을 견디지 못한 걸까, 에리리는 한 걸음, 두 걸음, 뒷걸음쳤다.

그녀의 얼굴은…… 이즈미보다도 새파랗게 질려 있었다.

"나, 부스 준비를 하러 가야 해……. 그럼 안녕."

그리고 방금 전까지 울고 있었던 이즈미보다 흐느낌으로 가득 찬 표정을 지은 에리리는 도망치듯 다른 곳으로 향했다.

"어이, 에리리!"

나는 허둥지둥 에리리의 뒤를 쫓으려 했다.

하지만 부스에서 빠져나오는 데 시간이 걸린 탓에, 꽤 거리가 벌어지고 말았다.

그러니 지금부터 전력 질주로…… 쫓을 수도 없었기에, 빠른 걸음으로 그녀를 쫓았다.

"아, 아키 군?"

"미안해, 카토! 금방 돌아올 테니까 이 근처에서 기다려 줘!"

카토를 방치한 것은 오늘 하루 동안만 해도 벌써 두 번째였다.

하지만 그럴 수밖에 없었다.

에리리를 쫓아갈 수밖에 없었다.

쫓아가서, 이야기를 나눌 수밖에 없었다.

그러지 않았다간, 돌이킬 수 없는 일이 벌어지리라.

"기다려! 어이, 기다리란 말이야, 에리리!"

왜냐하면 나는 보고 만 것이다.

방금 전, 에리리가 혼잣말을 할 때의 입술 움직임을…….

『너무해, 토모야…….』

※　※　※

"에리리!"

"으······."

역 앞 로터리로 이어지는 교차점 앞에서, 나는 에리리를 따라잡았다.

빅사이트 안은 사람이 많은 데다 뜀박질 금지라서 거리를 좁힐 수가 없었지만, 에리리가 빅사이트 밖으로 나간 덕분에 금방 따라잡을 수 있었다.

하지만 이곳은 집으로 돌아가는 이들이 지나는 귀갓길이다.

내일 열 부스를 준비하러 온 에리리가 향할 방향이 아니었다.

"돌아가자."

"······."

나에게 따라잡힌 에리리는 통행로 한가운데에서 멈춰 섰다. 하지만 나와 시선을 맞추기 싫다는 것처럼 고개를 푹 숙이고 있었다.

그래서 에리리의 표정을 살필 수는 없지만, 그녀의 안색은 행사장 안에 있을 때와 마찬가지로 여전히 새파랗게 질려 있었다.

"돌아가서 이즈미에게 사과하자. 응?"

"······그럴 수는 없어."

"왜?"

그녀의 목소리는 여렸지만, 그 안에 담긴 거절의 뜻은 확연하게 느껴졌다.

"그 책, 필요 없어……. 읽고 싶지 않아……."

그 책을 읽고, 이런 리액션을 보이는 사람이 있을 거라고는 꿈에도 생각하지 못했다.

"그 책, 재미있기는 했지?"

내 질문을 들은 에리리는 순순히 고개를 끄덕였다.

"그 책은 말이야. 이즈미가 자신의 혼을 깎아서—."

"알아."

하지만 그녀의 목소리는 10분 전의 이즈미처럼 떨리고 있었다.

"어떻게 모르겠어……. 그 책에 얼마나 많은 것이 담겨 있는지, 얼마나 엄청난지 어떻게 모르겠냐구."

"그럼 왜 그런 짓을—."

"돌려주지 않았다면 더 심한 짓을 했을 거야."

"심한 짓?"

"갈가리 찢어버렸을지도 몰라."

"뭐……."

크리에이터로서 절대 해서는 안 되는 폭언을 뱉은 에리리의 얼굴은 여전히 새파랗게 질려 있었다.

나는 자세를 낮춰, 고개를 푹 숙이고 있는 그녀의 얼굴을 억지로 들여다보았다. 그녀의 얼굴에 어려 있는 것은……

"그래서 돌려줬어. 그리고 도망쳤어."

공포, 이외의 그 무엇으로도 보이지 않았다.

그렇다. 에리리는 두려움에 떨고 있었다.

"나 때문이야?"

"……."

에리리는 대답하지 않았지만, 부정 또한 하지 않았다.

하지만 그 질문에 아무런 의미도 없다는 사실은 나와 에리리, 둘 다 알고 있었다.

왜냐하면 방금 전, 에리리는 분명 나를 규탄했으니까 말이다.

"불안을 느꼈던 거야? 내일 승부 때문에? 아니면 스카우트 제의 때문에?"

"……."

그녀는 여전히 대답하지 않았다.

"내가 이오리 편을 드는 것처럼 보였어? 그랬다면 내가 경솔했어. 사과할게."

이즈미는 이오리의 동생이다.

그러니 이오리의 동생이 운영하는 서클을 돕는 나를 보고 배신감을 느꼈더라도 이상할 것은 없었다.

"하지만 이즈미의 서클은 이오리와는 관계없―"

"상관없어."

바로 그때, 에리리가 오래간만에 입을 열었다.

"그런 건 상관없어. 내일 일도 전혀 신경 쓰지 않아. 『ego
istic-lily』는 그딴 일로 흔들릴 만큼의 약소 서클이 아냐."

그녀의 목소리에서는 약간의 짜증과 약간의 자존심이 묻
어나왔다.

"그럼…… 대체 왜 이러는 건데?"

알 수가 없었다.

에리리의 불안이, 공포가, 절망이 무엇에서 비롯되고 있
는 것인지 감조차 오지 않았다.

"이 책의 어디가 그렇게 싫은 거야? 너희 같은 크리에이터
가 무슨 생각을 하는 건지 전혀 모르겠어."

그것은 내가 지금까지 진심으로 무언가를 만들어본 적이
없기 때문이리라.

"에리리가 무슨 생각을 하는 건지 전혀 모르겠다고……."

그리고 내가…… 최근 수년 동안의 이 녀석에 대해 알지
못하기 때문이리라.

이즈미에 대해서보다도, 에리리에 대해 더 모르기 때문이
리라…….

"토모야는…… 이 책을 보고 어땠어?"

"그야…… 몇 번이나 말했잖아. 엄청났어. 특히 후반부가
말이야."

잠시 후, 이번에는 에리리가 나에게 질문을 던졌다.

"맞아. ⋯⋯텐션도 점점 올라가잖아."

"그것도 천정부지로 올라가더라고."

그것도 방금 전까지의 가라앉은 목소리가 아니라, 평소 같은 목소리로—.

아니, 평소보다도 더 상냥하고 온화한 목소리였다.

"리틀랩에 이런 식으로 접근하는 책은 처음 봤거든. 정말 깜짝 놀랐어."

"뭐, 보통 캐릭터물이나 일상 개그, 혹은 에로가 대부분 이잖아. 이런 엄청난 스토리를 잘도 만들어냈다고 생각해."

왠지 이야기를 다른 곳으로 돌리고 있는 듯한 느낌도 들지만, 일단은 에리리가 만든 이 흐름에 따라가기로 했다.

"엄청나기는 하지만, 단점도 꽤 있지 않았어?"

"냉정하게 따져보면 장점보다 단점이 더 많긴 해."

왜냐하면 알고 있기 때문이다.

에리리는 그런 짓을 할 만큼 약삭빠르지도, 교활하지도 않다는 사실을 말이다.

"에너지 배분에도 완전히 실패했잖아."

"그래. 이즈미는 후반부에서 힘이 다 떨어졌다고 했지만, 그건 거짓말일 거야."

"응. 단순히 펜 선 넣을 시간이 없었던 것뿐이라고 봐. 사실 후반부에 들어 묘사도 더 정교해졌잖아."

"아마 펜 선을 넣은 전반부보다, 연필 러프로만 된 후반부에 더 시간을 들였을 거야."

항상 올곧게 삐뚤어지고, 매사에 전력으로 부정하며, 언제 어디서나 거만한……

즉, 몹시 성가시기는 하지만 단순한 녀석인 것이다.

"그냥 그리고 싶은 것을 그리고 싶은 만큼 그린 느낌이야."

"뭐, 본인도 비슷한 말을 하기는 했어."

"그래서는 아무리 엄청난 책을 만들어내더라도 보통은 팔리지 않을 거야."

"문제는 바로 그거야. 이번에는 어찌어찌 다 팔았지만, 매번 이래서는 앞으로 고생 꽤나 할 거야."

에리리에 대해 그 정도는 파악하고 있었다.

"사람들 눈길을 끌려면 표지가 중요한데 말이야. 책이라는 것은 하나의 패키지로 봐야 하는 거잖아."

"그런 요령을 가르쳐줄 사람이 이즈미에게는 필요해. 솔직히 말해 이오리가 적임이겠지만…… 아아, 답답하네!"

"맞아. 만약 그 애에게 그런 요령에 대해 잘 알고 올바른 방향으로 이끌어줄 수 있는 파트너가 생긴다면……"

"아……"

내가 예상한 대로, 그 흐름은, 무너지고 말았다.

"나 따위는, 금세 추월당하고 말거야……"

에리리가 지나가는 투로 말한 자학성 멘트를 나는 가볍게 흘려 넘길 수가 없었다.

"아, 아하, 아하하……."

이렇게 되지 않기를 바랐지만, 결국 이렇게 되고 말았다.

……그리고 그와 함께, 예상조차 못한 진상이 밝혀지고 말았다.

뚜껑을 열고 보니, 진상 자체는 너무나도 단순했다.

그저 내가 너무 어렵게 생각했던 것뿐이었다.

"잠깐만…… 그렇게 생각할 필요는 없을 것 같은데?"

에리리가 무서워한 것은 바로 그 책―.

―그리고 그 책을 만든 이였던 것이다.

"너와 이즈미는…… 장르도, 인기도, 그리고 현재 위치도 완전히 다르잖아."

진정한 적은 이오리도, 『rouge en rouge』도 아니라, 이제 막 부화한, 햇병아리 천재였다.

그것은, 전설의 용사가 환생했다는 소문만으로 마을 그 자체를 없애버리는 마왕을 보는 듯한, 너무나도 속 좁고, 너무나도 말도 안 되는 공포였다.

"어이, 에리리……."

"무서운 걸 어떻게 하냐구!"

"윽……."

"이런 책을 만드는 애가 무서워. 추월당하는 게 무서워. 모든 것을 다 빼앗기고 마는 게 너무나도 무섭단 말이야."

"아니, 대체 뭘 빼앗긴다는 거야? 너 지금 무슨 소리를 하는 거냐고."

"맞아. 나 지금 무슨 소리를 하는 걸까?!"

제어할 수 없는 감정에 몸을 맡긴 채, 영문 모를 확신에 휩싸인 에리리는 목청껏 고함을 질렀다.

하지만 나는 말도 안 되는 소리를 하는 에리리에게 평소처럼 딴죽을 날릴 수가 없었다.

왜냐하면 수십 분 전, 나는 이런 말도 안 되는 미래를 예견한 녀석과 만났었기 때문이다…….

"진정해. 그런 훗날 일을 지금 걱정해봤자 아무 의미 없잖아."

그래서 나답지 않은 말로 그녀를 진정시키려고 했다.

"분명한 건…… 에리리는 현재 이즈미보다 훨씬 뛰어나. 그것뿐이라고."

이 사태를 어떻게든 진정시키기 위해 가능한 한 무난한 말을 입에 담았다.

마음속으로 이즈미에게 사과하면서 말이다.

"그럼 하나만 물을게……. 내가 그 애보다 엄청나?"

"뭐……."

하지만 에리리는 그런 내 태도를 용서하지 않았다.

"대답해봐! 내 책이 그 애의 책보다 엄청나단 말이야!"

공포는 인간의 부정적 감각을 더욱 날카롭게 만드는 것일까.

"아니, 그게…… 네, 네 책은 성인물이잖아."

"내 책을 보고 가슴이 뛰었어? 충격을 받은 적 있어? 한 부라도 더 팔리도록 도와주고 싶다고 생각한 적 있어?"

"너는, 내가 안 도와줘도 충분히 잘 파니까……."

"말 돌리지 마! 토모야 너, 좀 전부터 내 질문에 단 한 번도 제대로 대답하지 않았어!"

"……."

나는 에리리의 말을 부정할 수 없었다.

그녀의 말대로, 나는 그녀의 질문에 제대로 대답하지 않았다.

이즈미의, 이즈미가 만든 책을 부정하기 싫다는 마음을 억누를 수 없었기 때문이다.

그게, 그러니까…… 어쩔 수 없잖아.

그 책은 최근 1년 동안 본 동인지 중에서 가장 마음에 든 녀석이란 말이야.

그런 멋진 작품을 어떻게 부정하냐고…….

길을 가던 오타쿠들이 계속 우리를 돌아보았다.

자신들과 같은 족속으로 보이는 오타쿠 소년이 끝내주는

미소녀를 울리고 있는…… 미소녀 게임의 이벤트 같은 장면을 뚫어져라 쳐다보고 있었다.

"이럴 줄 알았으면 리틀랩 부스에 가지 말 걸 그랬어."

하지만 그런 인상적인 이벤트 CG는 어느새 스탠딩 CG 화면으로 변했다.

"……그런 옛날 일, 떠올리지 말 걸 그랬어."

그리고 스탠딩 CG마저 사라지자, 그 후에는 배경과 엑스트라만이 남았다.

하지만 에리리…… 마지막으로 이 말만은 해야겠어.

너는 리서치 범위가 너무 좁아.

왜 내 생각에 그렇게 휘둘리는 건데. 세간의 평가를 신경 쓰란 말이야.

지금의 너는 초등학교 3학년 꼬맹이나 다름없다고.

제5장

아직 탈락한 건 아니니까 〈카스미가오카〉

"……카토 양. 이게 대체 무슨 일이야?"

"아, 어서 오세요. 카스미가오카 선배."

"왜 당신이 그런 말을 하는 거야? ……여기는 윤리 군의 방이잖아."

기나긴 하루가 끝나고 밤의 장막이 드리워진 코믹마켓 2일 차.

지금쯤 빅사이트 주변에는 코믹마켓 3일 차를 위해 전날 밤부터 대기 탈 작정인 참가자들이 속속 집결 중일 것이다. 뭐, 밤샘 대기는 금지되어 있지만 말이다.

평소의 나라면 지금쯤 코믹마켓 카탈로그와 눈싸움하면서 열의와 긴장을 동시에 느끼고 있었을 것이다. 하지만 지금은 내 방 침대에 누워 무릎을 꼭 끌어안은 채 고개를 숙이고 있었다.

"그리고 대체 왜 나를 부른 거야? 나 지금 바쁘니까 세

줄 이하로 축약해서 설명해줬으면 좋겠어."

"아, 그렇군요. 바쁘기 때문에 "아키 군한테 큰일이 났어
요."라는 말을 듣자마자 묻지도 따지지도 않고 겨우 20분
만에 이곳에 온 거군요, 카스미가오카 선배. 저 긴 언덕을
전력 질주로 뛰어올라오지 않는다면 이렇게 빨리 도착하지
못하겠죠?"

"……당신, 나한테 무슨 악감정이라도 있는 거야?"

코믹마켓 2일 차가 끝난 후, 그리고 에리리와 결별한 후,
몇 시간이나 흘렀을까…….

그 후 역 앞 교차점에 멍하니 서 있던 나를 집으로 돌아
가던 카토가 발견했다. 그리고 그런 나를 보다 못한 카토가
우리 집까지 같이 와주기까지 했다. 나는 그야말로 얼간이
주인공으로 각성했다고 해도 과언이 아닐 만큼 얼간이 같
은 짓을 해대고 말았다.

"그게 말이죠. 실은 꽤 심각한 사태가 벌어졌어요. 서클
존속의 위기라고나 할까요?"

"……그건, 지금 이 자리에 없는 누구누구 씨와 관계있는
거야?"

^{사와무라 양}

"아~ 으음…… 아무래도 그런 것 같아요."

"카토 양, 자세하게 설명해주겠어?"

"그게…… 저도 자세한 부분까지는 몰라서……."

"그래? 그럼 본인에게 물어보는 수밖에 없겠네……. 윤리

군, 설명해줄 거지?"

침대에 누운 후에도 나는 눈을 감지도, 잠이 들지도 않은 채, 그저 무기력하게 시간을 소비하고 있었다.

그것도 그럴 것이 눈을 감으면 눈앞에 펼쳐진 어둠 속에 떠오르고 마는 것이다.

그 녀석의 화난 얼굴……이라면 평소 자주 보는 것이니 딱히 신경 쓰이지 않을 것이다. 하지만 그 녀석의 슬픔과 두려움으로 가득 찬 얼굴은 두 번 다시 보지 않겠다면서, 먼 옛날에 마음속 깊은 곳에 묻어버렸……윽?!

"우와아아아아아아앗?! 우타하 선배?!"

"윤리 군, 얌전히 있어. 그렇게 날뛰면 제대로 이야기를 나눌 수가 없잖아?"

"저기, 카스미가오카 선배…… 이야기를 나눌 뿐이라면 아키 군의 침대에 들어갈 필요는 없을 것 같은데요?"

한순간, 내 등에 엄청 부드러운 물체가 닿……은 것 같은 느낌이 들었다.

"그래, 확실히 윤리 군은 엄청난 얼간이네. 미소녀 게임 3대 얼간이 주인공이 되기로 마음 먹기라도 한 거야?"

"저기, 선배. 그런 심한 말까지 들을 짓을 하지는 않은 것 같은데요……."

"그럼 사와무라 양이 전적으로 잘못했다는 거야? 그녀야말로 미소녀 게임 3대 악녀 히로인에 어울린다는 거구나?"

"그러니까, 최악의 캐릭터 선정 토크 같은 건 그만 하자는 소리라고요!"

카토가 핫라인을 가동해 부른 우타하 선배는 나를 침대에서 강제로 끌어낸 후, 사정 청취까지 했다.

방금 전까지만 해도 불쌍한 피해자 취급을 당하고 있었던 나는 어느새 흉악한 용의자 취급을 당하고 있었다…….

"카토 양. 그렇게 재미있는 이벤트가 벌어졌으면 좀 더 빨리 나를 불러주지 그랬어. 울고 있는 사와무라 양…… 내 애장 사진 폴더에 들어갈 최고의 사진을 찍을 수 있었을 텐데 말이야."

"어쩔 수 없었어요. 저도 그때 그 자리에 없었거든요."

"저기, 카토. 지금은 그런 변명보다는 우타하 선배의 삐뚤어진 사고방식에 딴죽을 날려야……."

"정말 아쉬워. 그 사진만 확보하면 또 【사진 첨부 메일】을 보낼 수 있었을 텐데……."

"그딴 거 두 번 다시 보내지 마세요!"

나는 이런 식으로 놀림을 당하면서도, 오늘 에리리와 나 사이에 있었던 일을 두 사람에게 전부 털어놓았다.

에리리가 이즈미…… 이즈미가 만든 책을 보고 느낀 감정에 대해서도…….

그리고 오늘 있었던 일만이 아니라 최근 들어 그 녀석과 나 사이에 있었던 일들을 전부 이야기했다.

이오리, 스카우트 제의, 그리고 승부.

서클 존속이 걸린 싸움이 시작되기도 전에 부전패로 끝나려 하고 있다는 점.

"매상 면에서 아무리 차이가 나더라도 결코 꺾이지 않는다."고 호언장담해놓고, 지금은 "매상 같은 걸 떠나, 근본적인 부분에서 완전히 꺾이고 말았다." 상태가 되고 말았다는 점.

……그 안에는 우리의 개인적 사정도 약간 섞여 있지만, 그것도 전부 말했다.

이 두 사람에게는 전부 말해도 상관없기 때문이다.

에리리도 나도, 우타하 선배도, 카토도, 같은 서클에 소속된 멤버니까. 함께 창작을 해나가고 있는 동료니까 말이다.

창작 과정에서 생긴 고민이라면, 창작자 모두가 힘을 합쳐서 해결해야 하지 않겠어?

※　※　※

"꽤 골치 아픈 상황이네."

"맞아…… 에리리 녀석, 선견지명이 너무 지나친 나머지 분별력 자체를 잃어버린 것 같아."

내 이야기를 끝까지 듣고 에리리가 안고 있는 감정에 대해 안 우타하 선배는 나와 마찬가지로 땅이 꺼져라 한숨을 내쉬었다.

"정말 골치 아파……. 당사자인 윤리 군이 아예 남 일처럼 여기고 있으니까 말이야."

"……그게 무슨 소리죠?"

우타하 선배가 방금 한숨을 쉰 건 에리리 때문이 아닌 것 같았다.

"사와무라 양은 이 위기를 정확하게 예견했기 때문에 그 여자애를 그렇게 두려워할 수밖에 없었던 거라고 봐."

"무슨 말을 하는 건지 전혀 모르겠어요."

"그걸 창작 과정의 고민으로 치부하다니, 윤리 군은 정말 최악의 둔감 주인공이네."

"무슨 말을 하는 건지 이하 생략!"

중요한 말이기 때문에 두 번…… 아니, 한 번 반 정도 말했습니다요.

"두려움을 느낄 만도 해……. 사와무라 양은 모든 것을 다 빼앗긴 것 같은 느낌일 테니까."

"모든 것을……."

"크리에이터로서의 존엄도, 소꿉친구라는 포지션도 말이야."

"……."

크리에이터 운운은 그나마 이해가 되지만, 소꿉친구 운운을 적용하기에는 해당 범위가 너무 좁은 것 같습니다요.

"게다가 이즈미 양은 윤리 군을 그렇게 따른다면서? …… 뭐랄까, 중반에 등장했지만 초기 파라미터가 너무 높아서, 노린 여자애의 공략에 실패해도 반드시 주인공에게 고백해주는 구제 히로인 같은…… 그 애, 좀 짜증 나네."

"죄송합니다만, 그 이야기를 좀 더 했다간 수습이 불가능한 사태가 벌어질 것 같으니 그쯤 해주시면 감사하겠습니다요."

역시 상담 상대를 잘못 고른 걸러나…….

"그런데 윤리 군은 어떻게 하고 싶어?"

"예? 그야……."

응? 나는 대체 어떻게 하고 싶은 거지?

그 녀석과의 과거를 어떻게 결판내고, 그 녀석과의 현재를 어떻게 자리매김한 후, 그 녀석과의 미래를 어떤 식으로 결론짓고 싶은 걸까.

"사와무라 양이 다시 일어서줬으면 좋겠어?"

"다, 당연하죠."

슬럼프에 빠진 에리리를, 그림을 그리지 못하는 에리리를 상상조차 하고 싶지 않았다.

"기운을 북돋아주고 싶어?"

"뭐, 그 녀석이 계속 축 처져 있으면 여러모로 곤란하니까요."

에리리가 화를 내지 않는다면…… 뭐, 여러모로 평화로워질 테니 나쁘지는 않겠지. 하지만 누구나 적성이라는 게 있잖아.

화 안 내는 에리리를 보면 맥이 탁 풀려버릴 거라고.

"지켜주고 싶어?"

"예? 그게 무슨……."

"꼭 끌어안아 주고 싶어?"

"예엣?!"

"그녀를 좋아해? 사랑해? 떨어지고 싶지 않아? 이야기 도중에 메인 히로인이 변경되는 거야?"

"이게 무슨 『사랑에 빠진 메트로놈』이에요?!"

자신의 작품을 가지고 자학 농담을 하다니, 이 사람에게는 작가로서의 긍지 같은 건 없는 걸까…….

"정말 성가신 사람들이네……. 결론을 내릴 수가 없다면 차라리 아무 짓도 하지 말고 시간의 흐름에 맡겨보는 건 어때?"

성가시다니…… 그 말을 우타하 선배에게 듣게 될 거라고는 꿈에도 생각하지 못했다.

아무튼, 그런 생각은 일단 제쳐놓고─.

"그랬다간 겨울 코믹마켓까지…… 게임을 완성하지 못할 거예요."

에리리가 저래선 겨우겨우 첫발을 뗀 게임 제작이 중단되고 말 것이다.

그렇다고 이제 와서 원화가를 교체할 수도 없다.

우리 서클의 간판 일러스트레이터는, 누가 무슨 소리를 해도, 대형 서클에서 아무리 악랄한 술수를 쓰더라도, 카시와기 에리뿐이다…….

"약간 냉각기간을 가지면 아무 일도 없었다는 듯이 원래대로 되돌아올지도 몰라."

"다른 사람은 몰라도…… 그 녀석만큼은 절대 그렇게 되지 않을 거예요."

"왜 그렇게 단언할 수 있는 건데?"

"그 녀석은 이런 일을 질질 끄는 편이거든요……. 그것도 엄청 오랫동안 말이에요."

옛날 일을 이렇게까지 질질 끄는 녀석은, 내가 아는 사람 중에는 단 한 명뿐이다.

……예를 들자면, 에리리가 우는 모습을 마지막으로 본 것은, 오늘을 제외하면 7년 하고도 반년 전이다.

그 후로 그 녀석과 한두 마디 섞게 되는 데 3년이 걸렸다.

애니메이션과 게임 소프트를 빌리고, 빌려주게 되는 데 5년이 걸렸다.

그리고 평범하게 대화를 나눌 수 있게 되는 데 7년이나 걸린 것이다.

서로가 다가가려 하지 않으면, 우리는 화해하는 데 이렇게 오랜 시간이 걸린다. 그 만큼 서로에 대한 복잡한 마음을 안은 채 현재에 이른 것이다.

"저기 우타하 선배……. 실은 우리, 아직 제대로 화해하지 않았어요."

"뭐……?"

"에리리가 먼저 사과할 리가 없고, 나도 아직 사과하지 않았거든요. ……결국 미적지근한 관계를 유지한 채 지금에 이른 거예요."

선배는 어이없다는 듯이 나를 쳐다보았다.

나도 그건 좀 아니라고 생각해.

하지만 어쩔 수 없잖아. ……나는 아직 그 녀석의 모든 것을 용서하지 못했어.

그리고 그 녀석 또한 나를 완전히 믿지 못하고 있을 거야.

우리 사이에서는 과거에 그 정도로 심각한 사건이 벌어졌단 말이야.

정말 흔하고, 의외로 별것 아닌 데다, 많은 사람들이 경험해봤을 법한…….

분명, 좀 더 어른이 되면 "왜 그런 일로 고집을 피웠던 걸까?"라고 말하면서 웃어버릴지도 모르는 사건이야.

하지만 그런 흔한 사건이, 여전히 우리의 마음속에 깊숙하게 박혀 있어.

그 상처가 완전히 아물지 않은 채, 어중간하게 다시 교류를 시작했을 뿐이라고.

"그 녀석, 정말 바보 같죠?"

"윤리 군……."

"……나도 정말 바보 같죠?"

옛날 일을 이렇게까지 질질 끄는 녀석은, 내가 아는 사람 중에는 단 한 명뿐이다……. 그리고 그 사람은 바로 나다.

"그러니까…… 이번에야말로 어떻게든 하고 싶어요."

서로가 바보이기 때문에, 싸웠다.

서로가 바보이기 때문에, 화해하지 못했다.

"그 녀석은 성격도 더럽고, 겉과 속이 다른 데다, 겉과 속 양쪽 다 최악이지만!"

착각, 엇갈림, 실수.

그런 식으로 몇 개의 단추를 잘못 끼운 바람에, 우리 사이는 완전히 엇나가게 되었다.

"완전히 그 녀석을 믿는 건 아니지만, 지금까지 있었던 일을 전부 용서한 것도 아니지만!"

두 번 다시 원래대로 되돌릴 수 없게 되었기 때문에, 우리 둘 다 포기해버리고 말았다.

"하지만 그 녀석은 소중한 동료예요. 그건 예전이나 지금이나 마찬가지라고요."

하지만 그렇게 되기 전까지, 우리가 있는 장소는, 그곳이 그 어디일지라도 낙원이었다.

그곳에는 우리 외의 그 누구도 들어올 여지가 없었다.

"그러니까 옛날처럼 멀어져버릴까 봐…… 무서워요……."

내, 첫…… 였는데…….

"무섭다고요, 선배……."

나는 에리리를, 다시 한 번, 진심으로 용서할 수 있을까?

에리리는 나를, 다시 한 번, 진심으로 믿을 수 있을까?

"……."

우타하 선배는 내 머리를 손바닥으로 가볍게 두드려줬다.

보통 남자가 여자에게 이렇게 해줄 것 같다는 생각이 들기는 하지만, 선배의 손은 온기로 가득 차 있었다.

"정말 불가사의해. 윤리 군이 약한 모습을 보여줄 때마다, 때때로 어리광을 부릴 때마다, 나는 가슴이 두근거린다니깐. ……이야기 자체는 개인적으로 볼 때 최악이지만 말이야."

"……미안해요."

투덜대면서 내 볼을 쓰다듬어주는 선배의 손바닥은 여전

히 따뜻했다.

"그럼 한 번 더 물을게. ……사와무라 양이 다시 일어서줬으면 좋겠어?"

"예."

"기운을 북돋아주고 싶어?"

"예."

"지켜주고 싶어?"

"서클 멤버 전원이 힘을 합쳐서요."

"……화해, 하고 싶어?"

"예…… 이번에야말로 꼭!"

"……."

그 말을 들은 우타하 선배는 표정을 풀면서 내 귀에 숨결을 토했다.

……이건 좀 자제해줬으면 좋겠다. 기분이 너무 좋아서 미칠 지경이란 말이다.

"실은 나도 사와무라 양과 화해하고 싶지만, 받아줄 것 같지가 않아."

"^{끄껀 떤빼가 뜨떼어는 또빠를 애때끼 애우니에요}그건 선배가 쓸데없는 도발을 해대기 때문이에요."

내 두 볼을 잡아당기는 선배의 손가락 끝은…… 아, 아파.

"그럼 대책을 강구해보자."

"내가 뭘 어떻게 하면 좋을까요?"

"글쎄……. 바보 같은 이유로 사이가 틀어졌다면, 바보 같은 방법으로 화해하면 좋지 않을까?"

"바보 같은…… 방법?"

"윤리 군, 소꿉친구 히로인을 공략해버려."

"아……."

그렇게 말한 우타하 선배는 내 볼을 감싸고 있는 양손에 살짝 힘을 줬다.

"머나먼 기억이나, 그리운 추억, 어릴 적의 약속 같은 소꿉친구가 지닌 어드밴티지를 전부 활용해서 사와무라 양에게 플래그를 꽂아버리는 거야."

"그, 그게 정말 가능할까요?"

"걱정하지 마. 너라면 할 수 있어……. 얼마 전, 연상 히로인을 육체관계 없이 공략한 너라면 분명 해낼 수 있을 거야."

"제, 제발 부탁이니까, 그런 자학 농담 좀 하지 말라고요……."

내 가슴을 뜨끔거리게 만드는 농담을 한 우타하 선배는 나를 향해 천천히 얼굴을 내밀ㅡ.

"휴우. 먼저 씻고 왔어요. 아, 카스미가오카 선배도 목욕하지 않겠어요? 지금 욕조 안의 물 온도가 딱 기분 좋을 정도예요."

"……실은 좀 전부터 묻고 싶었던 건데 말이야. 카토 양은 왜 당연하다는 듯이 윤리 군네 집에서 자고 가려고 하는 거야?"

"아, 그게 말이에요. 아키 군의 부모님은 명절 휴일을 맞아 본가에 가셨다더라고요."

"저기, 내가 알고 싶은 건 그게 아니라—."

하지만 카토가 목욕을 하고 돌아온 순간, 내 코앞까지 얼굴을 내밀었던 선배는 한숨을 내쉬면서 고개를 푹 숙였다.

※　※　※

"자, 그럼 오늘의 서클 활동을 시작하자. 의제는 서브 히로인, 사와무라 스펜서 에리리 시나리오 작성!"

"우와. 이 사람, 진짜로 말했어. 서브라고 말했다고!"

그 후, 마음을 진정시킨…… 아니, 정확하게 말하면 뚜껑이 열려버린 우타하 선배는 큰 목소리로 활동 개시 선언을 했다. 저기, 우리 서클의 대표는 나거든요?

참고로 현재 시각은 오후 열한 시이며, 전원이 목욕을 끝마쳤다. 마지막으로 목욕을 한 나는 두 소녀가 몸을 담근 물에 들어갈 용기가 없었기 때문에 간단하게 샤워만 했다.

아무튼, 이 자리에 있는 멤버 전원이 밤샘 준비를 끝마쳤다. 코믹마켓 행사장 주변이 아니라 밤샘을 해도 문제될 것이 전혀 없다.

"우선 역할 분담부터 하자. 윤리 군은 어릴 적 기억을 근거 삼아 소재를 만들어줘. 그러면 내가 그 소재를 바탕으로 시나리오를 작성할게. 카토 양은…… 심심풀이 삼아 게임이라도 하고 있어."

"으음, 뭐, 그런 말을 들을 거라고 예상하기는 했어요. 그런데 그 전에 의견 하나만 말해도 될까요?"

"카토?"

평소처럼 나와 우타하 선배가 작업을 시작하려 한 순간, 평소 같으면 배경 속에 녹아들었을 카토가 손을 번쩍 들면서 자신의 의견을 밝혔다.

……아, 의외라는 점을 너무 강조하는 것도 카토에게 실례겠지?

"저기, 아키 군. 전에 나한테 히로인이 되라고 말했었지?"

"으, 응. 그랬어."

"그럼 우선 아키 군이 시범을 보여주지 않겠어?"

"뭐?"

"아키 군이…… 히로인이 되어보란 말이야."

"……아."

"카토, 너……."

^{1권 이후} 오래간만에 카토가 내놓은 아이디어를 들은 선배와 나는 아무 말 없이 그녀의 얼굴을 멍하니 쳐다보았다.

그 정도로 카토의 발상은 충격적이었으며, 맹점을 찌르고

있을 뿐만 아니라, 본질을 지적하고 있었던 것이다.

"저기, 카스미가오카 선배. 그런 식으로 어레인지하는 건 어려울까요?"

침묵에 빠진 우리를 걱정하듯, 카토는 나와 선배의 얼굴을 번갈아 바라보면서 물었다.

"어렵, 냐구?"

하지만 그것이 카토의 기우에 지나지 않는다는 것을, 말투와 태도를 통해 증명하는 이가 이 자리에 있었다.

"그래, 맞아……. 사와무라 스펜서 에리리를 표현하는 키워드는 상류층 아가씨도, 츤데레도, 에로 동인 작가도 아냐……!"

잠깐, 이거 큰일 날 것 같은데?

"사와무라 스펜서 에리리의 본질은…… 그래, 순정파 소녀! 그녀는 오타쿠 세계의 왕자님이 새하얀 이타샤[#6]를 타고 데리러 와주기를 바라는 정신 나간 중2병 여자애인 거야! 아하하하하하! 웃겨서 죽을 것 같아!"

"지금 정신 나간 것처럼 보이는 건 우타하 선배거든요?!"

거 봐, 선배가 또 정신줄을 놔버렸잖아.

그리고 이타샤를 타고 마중 나오는 왕자님이라니…… 나 같으면 그딴 왕자님의 프러포즈를 그 자리에서 바로 거절해

#6 이타샤(痛車) 만화나 애니메이션, 게임 캐릭터나 로고를 본뜬 스티커를 붙이거나 도장(塗裝)을 한 차를 말한다.

버릴 것 같은데 말이야.

"솟아나고 있어……. 창작 의욕이 수렁에서 부글부글 끓어오르듯 솟아나고 있단 말이야! 윤리 군, 오늘 밤에는 재우지 않을 거야."

완전히 수라장 모드에 들어선 우타하 선배의 의욕은 천정부지로 치솟고 있었다. 저 상태의 우타하 선배가 만든 창작물을 접했다간 돌아올 수 없는 강을 건너게 될 것 같다는 생각마저 들었다.

"좋아요. 갈 데까지 가보자고요. 카토도 함께할 거지?"

"아, 응. 어차피 나한테는 선택권이 없잖아."

아무튼, 이렇게 우리의 패자 부활전이 시작되었다.

나 혼자서가 아니라 동료들과 함께…… 초등학생 시절 이후로 전혀 성장하지 않은, 사로잡힌 중2병 공주님을 구하기 위한 싸움이 시작된 것이다.

"그럼 역할 분담을 다시 할게……. 윤리 군이 소재를 내놓으면, 내가 그것을 가지고 시나리오를 만들겠어. 그 동안 카토 양은………… 역시 게임이나 하고 있어!"

"알았어요, 우타하 선배."

"예~."

그것은 방금 전과 똑같은 지시처럼 들릴지도 모르지만……

실은 방금 전과는 완전히 다른 의도를 지닌 지시였다.

　　　　　　　※　　※　　※

　"영……차."

　빨아둔 티셔츠를 입자, 몽롱해져가던 머릿속에 약간의 활기가 돌아왔다.

　잠자고 있는 다른 두 사람을 생각해 커튼을 약간만 걷고 창밖을 보니, 어느새 해가 떠올라 있었다.

　오타쿠들의 염원이 하늘에 닿은 것일까. 올해는 여름 코믹마켓에서 산 책이 비에 젖는 것을 걱정하지 않아도 될 것 같았다.

　시곗바늘은 아침 여섯 시 반을 가리키고 있었다.

　……초등학교 저학년 때라면, 에리리가 국민 체조를 하러 가자면서 부르러 올 시간이었다.

　"으응…… 스읍."

　침대를 쳐다보니, 어젯밤에 모든 힘을 다 쏟아냈던 우타하 선배가 잠을 자고 있었다.

　한 시간 정도 전, 모든 힘을 다 써버린 선배는 그대로 의식을 잃고 말았다.

　하지만 이제 선배를 깨울 필요는 없다. 선배는 내 침대 안에서 편안한 표정으로 잠자는 모습을 나에게 보여주기만 하면 된다.

그것도 그럴 것이, 우타하 선배는 초인적인 스피드와 텐션으로 해가 뜨기 전에 자신이 해야 할 일을 다 해버렸던 것이다.

"스으으읍…… 스으으으으읍…… 으응, 으흐흐."

……뭐, 내 여름 이불에 얼굴을 묻은 채 심호흡을 하지는 말아줬으면 좋겠지만 말이다.

텔레비전 화면에서는 서양식 성의 발코니를 중심으로 한 배경 CG가 표시되어 있었고, 스피커에서는 팝 느낌의 장엄한 게임 음악이 흘러나오고 있었다.

하지만 이 BGM은 길이가 꽤나 짧기 때문에 몇 번이나 반복해서 들었다.

그리고 방금 전까지 이 화면을 바라보면서 게임을 하던 또 한 명의 서클 멤버는—.

"어라?"

"좋은 아침."

이쪽도 어느새 잠들었다고 생각했는데, 유심히 보니 그녀는 눈을 뜨고 있었다. 그리고 그 눈으로 나를 응시하고 있었다.

"혹시 계속 깨어 있었던 거야?"

"아니, 방금 전까지 자고 있었어. 아키 군이 일어난 후에 나도 잠이 깼어."

"그랬구나."

"벌써 나가려는 거야?"

"응……. 무슨 일이 있어도 오늘 안에 결판을 낼 생각이거든."

그렇다. 반드시 오늘 안에 결판을 내고 말겠다.

겨울 코믹마켓 신청 마감일이 코앞까지 다가와 있었다.

서클을 대표하는 그림인 서클컷은 우리 서클의 간판 일러스트레이터에게 그리게 할 것이다.

"그러니까…… 빅사이트에, 코믹마켓 3일차 행사장에 갔다 올게."

"사와무라 양, 행사장에 올까?"

"오지 않을지도 몰라. 그래도 가겠어."

"그렇구나. 알았어."

에리리가 오지 않아도, 그곳에는 나에게 필요한 것이 있다.

히로인을 공략하기 위한, 아니, 주인공에게 공략당하기 위한 필수 아이템이 말이다.

"카토…… 고마워."

"그런 말은 카스미가오카 선배에게 해야 할 것 같은데?"

"나중에 선배에게도 할 거야. 하지만 지금은 카토에게 고맙다는 말을 하고 싶어."

"나, 이번에는 아무것도 안 했어."

"그렇지 않아……. 그렇지, 않다고."

간판 일러스트레이터, 간판 시나리오라이터, 그리고 간판 아가씨.

삼위일체인, 나의 여신들.

그중 한 명이라도 빠지면 이 서클은 유지될 수 없다.

……뭐, 내가 염치없는 소리를 하고 있다는 것은 알고 있다.

"나, 어제부터 카토에게 한심한 모습을 잔뜩 보여줬잖아."

"어? 설마 그저께까지는 안 보여줬다고 생각하는 거야?"

"아~ 일단 딴죽은 좀 삼가줘. 나, 지금 엄청 진지하단 말이야."

"하긴, 밤샘하고 나면 이렇게 텐션이 이상해질 때가 있곤 해. 나중에 죽도록 후회해도 난 몰라."

"하지만 카토는…… 이런 얼간이 같은 내 곁에 있어줬어."

"어, 어라, 잠깐만……."

동인지 판매를 하게 되었을 때도, 내가 두 번이나 내버려두고 어딘가에 가버렸을 때도, 내가 혼자서는 집에 돌아갈 수 없는 상태가 되었을 때도…….

불평 한 마디 없이 동인지 판매를 도왔다. 기다려줬을 뿐만 아니라 나를 찾으러 와줬다. 집까지 데려다줬을 뿐만 아니라 도우미^{선배}까지 불러줬다.

그뿐만 아니라…….

방금까지는 눈치채지 못했지만…… 카토는 한 시간 반 동안이나 목욕하러 가서 돌아오지 않았다.

카토는 왜 그랬을까?

분명 내가 우타하 선배에게 모든 사실을 다 털어놓을 수 있도록, 내가 우타하 선배에게 약한 모습을 보일 수 있도록, 복도 구석에서 기다려줬던 것이다.

……결과적으로 그녀가 방으로 돌아온 타이밍이 꽤나 미묘, 아니 절묘했던 이유는 짐작이 되지 않지만.

"저기, 카토……."

"으, 응. 왜?"

"이런 얼간이 주인공 같은 나를 앞으로도 버리지 말아주겠어?"

"아키 군……."

"바보 주인공의, 메인 히로인으로 있어주겠어?"

"우리 사이는 아마 머지 않아 자연 소멸하지 않을까? 이 서클 자체부터가 아키 군이 억지로 만든 거니까 말이야."

"부족한 부분이 있다면 가능한 한 선처하겠사옵니다. 그러니 버리지 말아주시옵소서!"

우타하 선배가 깨지 않도록 작은 목소리로, 그리고 필사적인 표정을 지으면서 나는 카토에게 애원했다.

"으음…… 그럼 지금 바로 선처해주겠어? 나, 이번에는 꽤 악랄한 요구를 할 거야."

"인간의 영역을 벗어나지 않는 범위 안에서 부탁드립니다요."

"으음, 우선…… 아키 군과 사와무라 양이 화해할 것."

"알았어."

그건 우리의 이번 미션이니 카토가 요구하지 않더라도 반드시 달성해야만 한다.

"그리고, 사와무라 양과 이즈미 양을 화해시킬 것."

"응."

그것도 반드시 해내야만 한다. 무슨 수를 써서라도 에리리가 이즈미에게 사과하게 할 것이다.

"우리 중 아무도 서클을 관두지 않을 것."

"아, 알았어."

그걸 가장 원하는 사람은 바로 나다.

"다 같이, 아키 군이 생각하는 최강의 게임을 완성시킬 것."

"카토, 너……."

"응? 왜?"

"아냐…… 확실히 꽤 악랄한 요구네."

이건 전부—.

—잠깐만, 이 정도면 단순한 일치 수준이 아니잖아.

"아, 맞다. 그리고 하나 더."

"응?"

"서클 명칭도 슬슬 정해야겠네."

"맞아……."

결국…….

카토는 『내 소망』을 하나도 빠짐없이, 전부 다 맞췄다.

"그럼 갔다 올게."

"응. 다녀와."

나는 카토의 목소리를 들으면서 방을 나섰다.

복도 창문을 통해 쏟아져 들어오는 햇살이 나를 비췄다.

새로운 아침이 왔다. 희망의, 그리고 화해의 아침이다.

기다려, 에리리…….

오늘만큼은, 내가, 너의, 메인 히어로가 되어주겠어.

제6장

리틀러브 · 랩소디 ～세르비스 · 스페셜 이벤트～

주인공의 이름을 입력해주십시오.

『에리』

※　※　※

한층 더 큰 불꽃이 남쪽 하늘에 커다란 꽃을 피웠다.

그리고 그 뒤를 이어 꽝음이 줄지어 터져 나오자, 하늘은 단숨에 꽃밭으로 변했다.

이곳, 엘드리아 왕국의 여름 축제, 통칭 『엘드릭 카니발』은 국민 모두가 참가하는 대축제다.

이 축제가 열리는 사흘 동안, 마을은 노점으로 가득 차고, 한낮부터 술을 마셔댔다. 그리고 화려한 옷을 입은 사람들이 춤추고, 노래하며, 평소의 조용한 생활을 잊기라도 한 것처럼 흥분의 도가니에 빠져들었다.

그리고 방금 전부터 이 축제의 피날레를 장식하는 불꽃놀이가 시작되었다.

저 빛과 소리의 향연을, 왕궁의 발코니에서 지켜보고 있던 에리는—.

하늘을 가득 채운 아름다움에 슬픈 표정으로 답할 수밖에 없었다.

에리가 그런 표정을 짓는 이유는 단순했다.

한낮에 축제 분위기를 즐기기 위해 마을에 나갔을 때, 마차에 달린 창문 너머로 보인 광경이 에리의 가슴을 아프게 만들었다.

마을 아낙과 즐겁게 담소를 나누고 있는 그 기사의 모습이…….

그 순간, 바로 마차에서 내리고 싶었다.

그 두 사람 사이에, 주위에서 즐겁게 이야기를 나누고 있는 사람들 사이에, 끼어들고 싶었다.

왕녀인 자신이 끼어들면 마을 사람들이 깜짝 놀랄 것이며 경비병들에게 폐를 끼치게 될지도 모르지만, 그래도 그러고 싶었다.

하지만, 에리는 그러지 않았다.

하지만 왕녀라는 자각이, 그녀를 막은 것은 아니었다.

그들과 자신은 입장이 다르다……. 에리가 느끼고 있는 『자신이야말로 저 기사에게 어울리지 않는다』는 콤플렉스 때문에 그러지 못한 것이다.

자신의 힘으로 자신이 나아갈 길을 만들어가면서, 인생을 구가하고 있는 사람들.

하지만 자신은 타인에게 받은 것으로 몸을 치장하고, 배를 채우며, 편안한 침대에서 잠을 자고 있다.

그런 자신에게는 왕녀라는 지위밖에 없다. 그 어떤 능력도, 매력도 없다.

그리고, 저 기사는 자신과는 다른 세계의 인간이 되었다.

어느새, 두 사람은 이렇게 멀어져버리고 만 것이다.

불꽃은, 차례차례 하늘을 수놓고 있었다.

에리는 하늘을 물들인 빛을, 나무 틈 사이로 올려다보았다.

원래 이 발코니는 왕가의 인간들만 이용할 수 있다. 하지만 이 불꽃놀이 때만은 친지와 지인, 고용인들에게도 개방되어 많은 이들로 북적였다.

하지만 그녀가 있는 장소는 그런 시끌벅적한 공간에서 조금 떨어진 곳이었다.

왕궁 남쪽 벽면에 설치된 넓은 발코니의 오른쪽 끝……
즉 서쪽.

커다란 나무에 뒤덮인 그곳에서는 하늘이 반 정도밖에 보
이지 않았다. 즉, 불꽃놀이를 즐기기에는 좋지 않은 장소인
것이다.

하지만 에리는 그런 구석 자리를, 시야가 나빠서 아무도
오지 않는 장소를 좋아했다.

왜냐하면, 이곳은 어릴 적부터, 에리와 그 사람만의 특등
석이었던 것이다.

어른들이 발코니의 정면에서 남쪽 하늘을 올려다보고 있
을 때, 두 사람은 나무 사이로, 혹은 나뭇가지 위로 올라가
그 불꽃을 즐겼다. 그리고 그대로 나무에서 내려와 단둘이
서 축제로 들썩이는 왕궁 밖 마을로 놀러나간 적도 있었다.

……다음 날, 둘이서 함께 대신에게 혼나는 것도, 거의 연
례행사였다.

그 시절의 두 사람은 축제 때만이 아니라 언제나 함께였다.

둘이서 뒷산을 뛰어다니고, 시가지에서 장난을 쳐 어른들
을 곤란하게 했으며, 왕궁에 숨어들어가 근위병들과 술래잡
기를 하기도 했다.

하지만 언제부터인가 왕녀라는 지위가, 기사가 되고 싶다

는 꿈이 두 사람을 떼어놓았다…….

지금은 한 달에 한 번뿐인 알현의 순간만이, 에리가 그와 함께할 수 있는 찰나와도 같은 시간이었다.

불꽃이 흐릿해졌다.

그것은 불꽃이 불량이어서도, 하늘이 일그러졌기 때문도 아니었다.

그저, 자신의 눈동자에 쓸데없는 무언가가 맺혔기 때문이었다.

에리는 하늘을 올려다보면서, 언제부터인가 멀어져버리고만, 어렸을 적부터 항상 함께해온 그 사람을 떠올리며, 조용히 눈물을…….

『에리.』

『……?』

환청이 들린 것일까.

에리의 마음이, 이곳에 있을 리가 없는 그를, 들릴 리가 없는 목소리를, 자신의 머릿속에서나마 자아내고 있는 것일까.

『에리…… 여기야.』

『아…….』

그렇지 않았다.

그저, 사람이 있을 리 없는 방향에서 목소리가 들려왔기에 그렇게 느꼈을 뿐이다.

발코니의 중앙, 즉 동쪽이 아니라 서쪽.

파티가 벌어지고 있는 장소가 아니라, 발코니 밖…….

발코니 높이까지 자란, 커다란 나무 위…….

『이쪽이야, 에리리.』

『윽?!』

"이쪽이야, 에리리."

"윽?!"

한층 더 큰 불꽃이 남쪽 하늘에 커다란 꽃을 피웠다.

여름 코믹마켓 3일 차, 피날레의 밤.

그리고, 우리가 사는 이 구의 연례행사인 불꽃놀이 대회
가 열리는 밤.

그리고 이곳은 우리 집 부근 언덕 위에 있는 대저택······.

즉, 사와무라 가(家)의 발코니다.

사와무라 가가 지인들의 가족을 불러 불꽃놀이를 즐기는
홈 파티가 열린 장소이기도 했다.

"여기서, 뭐 하고 있는 거야? 토모야······."

"쉿. 목소리 낮춰."

이 저택의 발코니는 남쪽을 향해 설치되어 있기 때문에
불꽃놀이 대회가 열리는 공원을 내려다보기 딱 좋았다.

그렇기 때문에, 지금도 하늘을 수놓고 있는 불꽃의 폭발을 마음껏 즐길 수 있었다.

하지만 지금 내가 있는 장소는 그 발코니의 왼편에 맞닿듯이 자라 있는 커다란 나무 위…….

즉, 이 집의 발코니는 엘드리아 성의 발코니와 거의 동일한 구조였다.

초등학생 시절, 이 사실을 안 에리리는 어린애처럼 기뻐했다. ……뭐, 실제로도 어린애였지만 말이다.

"나랑 같이 빠져나가지 않겠어? 에리리……."

"뭐……?"

이런 호화롭기 그지없는 장소에서는 지금, 드라마틱하기 그지없는, 그리고 보는 이에 따라서는 어이없어 보일 수 있는 장면이 연출되고 있었다.

어깨가 노출되는 붉은색 파티 드레스로 몸을 감싼 에리리는 발코니 구석에서 나무 위에 있는 나를 올려다보았다.

나는 기사복…… 코스프레 의상을 입은 채, 나뭇가지 위에서 에리리를 향해 손을 내밀었다.

"오래간만에 나와 같이 마을에 가지 않겠어?"

"너, 지금 무슨…… 어? 자, 잠깐만, 혹시……?"

이 기묘한 광경을 멍하니 지켜보던 에리리는 무언가를 깨달은 것처럼 눈을 크게 치켜떴다.

"방금 그건, 세르비스? 너, 지금 성기사 세르비스 흉내를

내는 거야……?"

"지금은 토모야라고 불러주십시오…… 전하."

『리틀러브·랩소디』시리즈의 기념비적인 1탄…….

그것은 엘드리아 왕가의 피를 이은 주인공 소녀가 3년간
의 플레이 기간 동안 주위에 있는 남성들과 만나 각양각색
의 러브 스토리를 자아내는 장대한 연애 시뮬레이션 게임
이다.

예를 들어 왕의 첩이 낳은 자식인 이복 오빠 에랄 루트에
서는 수많은 정치적 의도가 소용돌이치는 가운데, 왕위계
승권을 둘러싼 음모에 휘말리면서도 사랑을 관철하는 일편
단심 여동생.

이웃나라의 왕자인 지어스 루트에서는 사랑이 열매를 맺
어 그에게 시집을 가지만, 결국 자신의 고향인 엘드리아와
의 전쟁에 휘말리고 마는 비극의 왕비.

장님 음유시인 심포뉴 루트에서는 나라와 지위를 버리고,
사랑하는 남자와 함께, 그의 눈이 되어 세계를 방랑하는
영원한 여행자.

그리고 소꿉친구인 세르비스…….

그는 왕녀를 지키기 위해 성기사가 되지만, 그 지위 탓에
언제부터인가 그녀와 소원해지고 만다.

하지만 서로를 향한 마음은 점점 쌓여만 간다. 결국 불꽃

놀이 대회가 한창인 와중에 세르비스는 그녀에게 고백을 하고, 그 결과, 두 사람은 신분의 차이를 뛰어넘어 맺어진 다……

뭐, 그런 순정 만화의 왕도 같은 스토리인 것이다.

"가시죠, 전하. 아니, 가자, 에리리……."

"……."

에리리도 그제야 내 의도…… 아니, 배역을 이해한 것 같았다.

하지만 그녀는 여전히 나무 위에 있는 나를 멍하니 올려다보고 있었다.

그녀가 호의적인 반응을 보이고 있는지 아니면 단순히 어이없어 하고 있는 건지는, 밤의 어둠 때문에 알 수 없었다.

"축제의 마지막을 나와 함께 즐기자. 응?"

나는 전자이기를 바라면서 입에서 나오는 말 한 마디 한 마디에 마음을 담았다.

그것도 그럴 것이, 방금 전 하늘을 밝힌 불꽃에 비친 에리리의 표정은 그 장면의 주인공과 똑같았던 것이다…….

"……안 부끄러워?"

"부끄러워! 죽도록 부끄럽지만! 아직은 죽을 수 없어!"

그렇기에 나는 믿을 수밖에 없다.

내가, 성기사 세르비스이자, 오타쿠 동료인 아키 토모야

이기를 말이다.

설령 조롱을 사더라도, 설령 상대가 어이없어 하더라도, 설령 상대가 딴죽을 날리더라도, 지금은 앞으로 나아갈 수밖에 없다.

"나는, 너와 화해할 때까지, 죽을 수 없단 말이야."

"윽……."

에리리가 숨을 삼켰다.

내 진심을, 그리고 내 아픔을 느낀 걸까. 그녀에게서는 나를 거절하는 듯한 기색이 사라졌다.

"그러니까 이 손을 잡아줘, 에리리……."

"토모야……."

연속해서 터진 불꽃이 에리리의 얼굴을 몇 초 동안 비췄다.

그 순간 보인 그녀의 표정은 그때와 똑같았다.

7년 전, 결별의 순간 보았던…… 『방금 전까지는 동지였지만, 지금은 달라지고 만 에리리』의 표정이었다.

"바보…… 다른 사람에게 들키면 어떻게 할 건데?"

그렇기에 에리리는 말끝을 돌렸다.

"이건 불법 침입이잖아……. 경보 울릴 거야. 경비회사 사람들이 몰려올 거란 말이야."

"그딴 건 하나도 안 무서워!"

"아……."

……사실대로 말하자면, 그런 것은 걱정할 필요 없다.

에리리 몰래 사전 공작을 다 끝내뒀던 것이다.

나는 코믹마켓 행사장에 온 에리리의 부모님을 찾아가 사실대로 이야기했다.

절교하고 만 우리를 7년 전부터 쭉 걱정해왔던 그 사람들은 진심으로 기뻐하며 이 작전에 협력해줬다.

이 의상도, 코믹마켓 행사장에서 이오리의 인맥을 동원해 코스튬 플레이어에게서 빌린 것이다.

나온 지 오래된 『1』의 캐릭터를 코스프레한 사람이 있을지 없을지 걱정했지만, 고전 명작으로 평가받는 작품답게 있었다.

뭐, 여성 코스튬 플레이어의 옷이라 그런지 몸에 꽉 끼지만 말이다.

이오리는 "내가 왜 적을 도와야 하는 건데." 라고 투덜거리면서도 어릴 적 친구의 부탁을 들어줬다.

그리고 이 장면의 시나리오를 짜준 선배. 그리고 선배를 불러줬을 뿐만 아니라 아이디어까지 내준 카토…….

아군뿐만 아니라 적에게까지 도움을 받아가면서, 이 바보 같은 작전을 준비한 것이다.

그러니 절대 실패할 리 없다. 아니, 실패하게 할 수는 없다.

"음? 자네들, 거기서 뭐 하고 있는 거지?"

그리고 다음 순간…….

바람이라도 쐬러 온 듯한 한 아저씨가 나무 위에 있는 나를 발견했다.

"사, 사카키 아저씨?! 아, 그게……."

"에리리! 가자!"

"뭐……."

하지만 나는 이 위기를 기회로 바꿨다.

"부탁이야! 내 손을 잡아줘!"

에리리는 나와 저 아저씨를 번갈아 바라보았다.

하지만 그녀의 얼굴에는 나를 따라갈 것인지 말 것인지에 대한 고민이 아니라…….

"하, 하지만, 나, 드레스라……."

"찢어지면 내가 변상해줄 테니까 걱정하지 마!"

"토모야……."

그렇다. 나를 따라간 후에 생길 수 있는 문제에 대한 걱정만이 존재했다.

"그러니까 빨리…… 빨리!"

"~~~으!"

"어, 어이, 에리리 양!"

다음 순간…….

에리리는 치맛자락을 휘날리며 발코니의 난간에 발을 올

렸다.

그리고 난간을 힘껏 걷어차면서 나뭇가지 위에 있는 나를
향해 몸을 날렸다.

　　　※　※　※

"아야야야야……"

"왜 그래?"

에리리가 자신의 발목을 움켜쥔 것은, 나뭇가지에 올라와
그대로 나무를 타고 이동한 후, 멋지게 지면에 착지하고 약
몇 초가 흐른 뒤였다.

"다리를…… 살짝 접질린 것 같아."

"괜찮아?"

"괘, 괜찮…… 아야야야."

"어, 어이……"

괜찮다고 말하면서 몸을 일으키던 에리리는 또 얼굴을
찡그리면서 발목을 잡았다.

아무래도 걸을 수 있는 상황이 아닌 것 같았다.

"역시 무리야……"

"아."

하지만 아파하는 에리리가 나를 쳐다본 순간…….

내 머릿속에서 다음 전개가 떠올랐다.

"토모야⋯⋯. 너만이라도 도망쳐."

"에리리⋯⋯."

에리리의, 뭔가를 기대하는 듯한, 어리광 부리는 듯한, 그러면서도 뭔가를 주저하고 있는 듯한 표정을 본 탓에 말이다.

그래. 세르비스 시나리오에 이런 장면이 있었어⋯⋯.

세르비스의 손을 잡고 나무에서 내려온 후 그대로 도망치려 한 주인공.

하지만 그녀는 운이 나쁘게도 착지에 실패하고 만다.

난장판이 된 파티, 고함을 지르는 대신, 두 사람을 잡으러 오는 근위병.

궁지에 몰린 세르비스는 울먹이는 주인공 앞에서 살며시 무릎을 꿇더니⋯⋯.

"⋯⋯잠시만 참아."

"응⋯⋯."

에리리는 아마 아무 데도 다치지 않았을 테지만, 내 팔이 그녀의 무릎 아래로 들어가는데도 전혀 저항하지 않았다.

그리고 온몸에서 힘을 뺀 그녀는 나에게 몸을 맡겼다.

"꽤 흔들릴지도 모르지만⋯⋯."

"참기로 약속했잖아? 방금 전에 말이야."

"⋯⋯그랬지."

그대로 정원을 가로지른 나는 저택 밖으로 나갔다.

전하…… 에리리를 공주님 안기로 안아 든 채…….

참고로 또 이런 소리를 해서 미안하지만, 방금 전의 아저씨와도 실은 미리 입을 맞춰뒀다.

8년 전 불꽃놀이 대회 때도 여기서 만났던, 스펜서 아저씨의 지인.

당시 에리리와 항상 붙어 다니던 나를 그 아저씨는 기억하고 있었다. 그래서 파티 전에 그를 찾아가 이 이야기를 하자, 그는 진심으로 기뻐하며 협력을 약속해줬다.

……그러고 보니 8년 전에 저 아저씨는 리얼 외ㅇ대신이었지.

※　※　※

"학교 건물…… 새로 지었나 보네."

"재작년에 신축했거든."

"흐음. 그랬구나."

"꽤 오랫동안 공사했었잖아. 에리리 너, 기억 못 하는 거야?"

"나, 평소에는 절대 이쪽 길로 안 다녀."

"……."

예상대로 에리리는 발을 빼지 않았다.

내 팔과 체력이 거의 한계에 도달했을 즈음…….

얌전히 나에게 몸을 맡기고 있던 에리리는 갑자기 "정말 근성 없네." 같은 소리를 하면서 자기 발로 서더니 나를 내버려 둔 채 앞장서서 걸음을 옮겼다.

그 후에도 나는 딴죽을 걸고 싶은 마음을 억누르면서 에리리의 뒤를 필사적으로 쫓았다.

축제가 끝난 마을은 평소보다 많은 사람들로 붐비고 있었지만, 에리리가 대로에서 멀어지고 있었기 때문에 길을 가는 사람들은 점점 줄어들었고…….

그리고 현재, 이 장소에는 우리 둘밖에 없었다.

아니, 다른 사람이 있을 리가 없는 장소에 오고 말았던 것이다.

시마무라 초등학교…….

나와 에리리가 6년간 다녔던 이 학교는 여름 방학 중인데다 밤이라 그런지 정적만이 흐르고 있었다.

다리를 접질린 척할 생각이 없는 듯한 에리리는 교문을 가볍게 뛰어넘은 후 안으로 들어갔다.

그리고 지금은 교정을 천천히 걸으면서 학교 안을 둘러보고 있었다.

……방금 전의 사와무라 저택 때와는 달리, 이건 완벽한 불법 침입이다.

"새로 지었는데도 여전히 촌스럽네."

"뭐, 공립이잖아."

교정도, 건물도, 풀장도, 완전히 초등학교의 정석이라고 해도 과언이 아닐 만큼 평범했다.

지금 내가 다니는 토요가사키와는 하늘과 땅만큼 차이가 날 정도로 촌스러운 이 학교를 보니 또 짜증이 치밀어 올랐다.

아, 짜증이 치밀어 오른 것은 학교가 촌스러워 보여서가 아니라……

"비겁해, 토모야……."

"응."

"이제 와서…… 화해, 하자는 거야?"

"에리리……"

이 학교가 우리의 『나쁜』 추억으로 가득 찬 장소이기 때문이다.

"방금 전의 그거…… 너 혼자서 생각한 건 아니지?"

"그래."

"카스미가오카 우타하?"

"그리고 카토도 한몫했어. 카토가 리틀랩 느낌으로 가자고 했거든."

리틀랩을 베이스로 한 에리리 공략 시나리오를 쓰기 위해 카토가 게임을 플레이하고, 우타하 선배는 그녀의 플레이를 보면서 스토리를 작성했다.

"다른 사람에게 도움을 받다니 비겁해. 그리고 리틀랩을 이용한 건 더 비겁하다구……."

그렇다. 리틀랩을 이용한 것은 비겁한 짓이다.

그렇기 때문에 나와 선배는 카토가 내놓은 아이디어를 일 언반구 없이 바로 채용했다.

……비열하기 그지없었기 때문이다.

"네가 나를 빠지게 만든 첫 번째 타이틀이잖아."

"지금은 너와 이즈미라는 애를 이어주는 타이틀이 되어버 렸지만 말이야……."

에리리가 리틀랩에 과잉 반응한 이유는 바로 그것이다.

우리 집에 있는 초대 『리틀러브·랩소디』는 초등학교 3학년 때 에리리가 나에게 준, 처음이자 마지막 생일 선물이다.

여성향 게임에 대해 편견을 가지고 있던 나는 그 작품 을 통해 여성향 게임 특유의 매력적인 캐릭터 조형, 그리고 깊은 스토리가 미소녀 게임 못지않다는 사실을 깨달았다.

그래서 나는 리틀랩이 좋은 작품이라는 사실을 인정했 고, 완전히 빠져들었으며, 게다가 주위에 포교도 했다…….

그것이, 하시마 이즈미라는 햇병아리 천재를 낳은 것이다.

나와 이즈미에게 있어 너무나도 소중한 이 추억은, 자초 지종을 아는 제삼자가 본다면 『사와무라 에리리가 한 일의 되풀이』로 보일지도 모른다.

하지만 자초지종을 아는 제삼자는 이 세상에 단 한 명뿐^{에리리}
이다.

이런, 바보 같고, 심각하며, 알기 쉽고, 알기 싫으며, 가능하다면 영원히 직시하고 싶지 않았던 현실.

"토모야는 말이야. 그 애를 카스미가오카 우타하를 볼 때와 똑같은 눈빛으로 쳐다봤지?"

"그건……."

나는 그때 내가 어떤 표정을 짓고 있었는지 알지 못한다.

하지만 부정은 할 수 없었다.

그 만큼, 그 책은 충격적이었던 것이다.

『사랑에 빠진 메트로놈』 이후로, 내 마음속에서 가장 히트한 작품이었던 것이다…….

"좋은 책과 만나서 정말 좋겠네. 게다가 그 책을 만든 사람은 소꿉친구이자 네 애제자니까…… 정말 기분이 째질 거야."

방금 전까지 나를 꼭 끌어안고 있던 에리리는 이제 존재하지 않았다.

부끄러움으로 물들어 있던 그녀의 표정은 어느새 원래의, 파티 때의 표정으로 되돌아가 있었다.

"하지만, 그건, 전부…… 내 덕분이잖아……."

유리 구두는 산산이 부서졌다.

마차는 호박으로, 말은 쥐로 되돌아왔다. 드레스만이……

유일하게 남아 있었다.

"내가 너한테 리틀랩을 포교했기 때문에……."

에리리는 2차원의 세계에서 현실로 되돌아오고 말았다.

"내가 너와, 만나지 않았다면……."

아직 열두 시가 되지 않았는데 말이야…….

체육관 지붕 위에서 화려한 불꽃이 피었다.

시간상으로 볼 때 이게 피날레…… 즉, 사와무라 가에서 열린 파티도 곧 끝날 것이다.

이제 그만 에리리가 집에 돌아가지 않으면 소동이 벌어질 지도 모른다.

하지만…….

"사과하면, 돼?"

아직 포기하지 마, 아키 토모야.

"네가 쓴 방법을 표절해서 정말 죄송합니다…… 새로운 리틀래퍼를 만들어내서 죄송합니다, 하고 사과하면 돼?"

"사과하기에는 이미 늦었어……."

"……내가 사과하면 너도 사과할 거야?"

"뭐……?"

"7년 전, 네가 나에게 한 짓…… 그것도 이미 늦었다고 생각하기 때문에…… 사과하지 않는 거야?"

"무슨, 소리 하는 거야……. 내가 너한테 무슨 짓을 했는데?"

이 모든 무대 장치는 에리리를 나와 마주 서게 만들기 위해서 준비한 것이다.

우타하 선배도 거기까지의 시나리오는 명확하게 제시해 줬다.

하지만, 그 후의 스토리 구성은, 문장 세 개가 전부였다.

『비 온 뒤에 땅이 굳는다.』

『행운을 빌어.』

『파이팅, 윤리 군.』

"7년 동안, 말하지 않았지만 말이야…… 나, 실은 너를 엄청 원망했었어!"

"……뭐?!"

마법은 풀려버렸지만, 진짜 싸움은 지금부터 시작된다.

그렇다. 세르비스의 힘도, 아니, 그 누구의 힘도 빌리지 않는다.

지금 이 자리에 있는 나는, 사와무라 에리리의 소꿉친구인, 아키 토모야일 뿐이다.

※　※　※

초등학교 3학년 때, 처음으로 반이 바뀌었다.

1, 2학년 때 같은 반이었던 친구는 다섯 명밖에 없었다. 그래서 처음에는 꽤나 신선한 느낌을 받았다.

하지만 나의, 아니, 우리의 교우 관계는 새로운 클래스메이트와 같은 교실에서 지내게 된 후에도 변하지 않았다.

……3년 연속으로 같은 반이 된 친구 중에 에리리가 있었기 때문이다.

에리리는 나와 같은 반이 된 것을 나만큼 기뻐했다. 그리고 우리는 예전보다 더 만화나 애니메이션, 게임에 관한 이야기를 즐겁게 나눴다.

하지만 그 배타적인, 그리고 압도적으로 귀여운 혼혈 여자애와 나만으로 구성된 커뮤니티는 새로운 클래스메이트…… 특히 남자애들 사이에서 맹렬한 알력을 낳았다.

2학기가 시작된 직후, 나와 에리리는 집단 따돌림의 대상이 되었다.

인종, 남녀, 오타쿠, 신분 격차 등, 각종 부정적 요소로 놀려대고, 괴롭히며, 말도 안 되는 소문을 퍼뜨려댔다.

특히 남자인 나에게는 "직접적인 실력 행사"도 매일같이 해댔다.

지금 생각해보면, 그것들은 남자애들의 추악한 감정에 기인한 행동이었다. 그러니 그 녀석들을 『질투충』으로 여기며

무시해버렸어도 될 것이다.

하지만 당시의 나와 에리리는 감수성이 풍부하고, 지금처럼 마음이 단련되지는 않은, 어린 초등학생이었다.

마음에 상처를 입은 에리리는 웃지 않게 되었다. 그리고 점점 만화에 애니메이션에 관한 이야기를 하지 않게 되더니, 결국 나와 거리를 두게 되었다.

이대로 나까지 그녀와 거리를 둔다면 남자애들은 만족하리라. 그리고 에리리를 표적으로 삼지 않을지도 모른다.

하지만 나는 저런 녀석들에게 지고 싶지 않았다.

초등학생이 되고 처음으로 사귄 오타쿠 친구를…… 아니, 정확하게 말하자면 부모님과 힘을 합쳐 나를 오타쿠의 길로 끌어들인 공범자를 잃을 수는 없었다.

그리고 3학기가 시작되자마자, 나는 외로운 싸움을 시작했다.

방송 위원에 입후보한 후, 점심시간 방송 때 애니메이션 송을 마구 틀어댔다.

학교에 만화책을 가지고 와서 주위에 있는 녀석들에게 마구 포교했다.

몇 번이나 선생님에게 만화책을 빼앗기고 부모님이 학교에 불려오기까지 했지만, 그래도 포기하지 않았다.

학급회의 때는 오타쿠 토크를 마구 해대서 선생님까지

질리게 만들었다.

물론 그 동안에도 남자애들의 "직접적인 실력 행사"는 계속됐다.

하지만 직접적으로 저항하지는 않았다. 내가 뿌린 씨앗이 싹트기만 기다린 것이다.

……그리고 얼마 지나지 않아 조금씩 효과가 나타나기 시작했다.

우선, 집단 따돌림에 가담하지 않은 심약한 남자애들.

그 뒤를 이어, 서서히 부녀자(腐女子)의 길로 접어들어 가고 있던 일부 여자애들.

내 만화를, 애니메이션을, 게임을, 재미있다고 생각하는 클래스메이트들이 늘어나기 시작했다.

그들은 직접적으로 나를 지지해주지는 않았지만, 예전처럼 나를 경멸 어린 눈길로 바라보지는 않았다.

그런 그들을 보면서 용기를 얻은 내 목소리에는 점점 힘이 들어갔다.

따돌림을 당해도, 협박을 당해도, 무시를 당해도, 한결같이 자신이 좋아하는 작품을 전파해나갔다.

그렇게 "저 녀석, 머리가 이상한 거 아냐?" 같은 말을 듣는 시기가 한동안 계속되었다. 그리고 우리가 4학년이 된 4월…….

나는 결정타를 날리듯 반장 선거에 입후보했고, 무투표

당선이라는 쾌거를 이뤘다.

　남자들은 이런 나에게 끝까지 맞서지 못한 것이다.

　결국, 나는 1년이나 걸린 끝에 이 반 안에서 우리를 위한 공간을 만들어냈다.

　에리리와 나만의, 오타쿠 왕국을 부활시킨 것이다.

　하지만 사와무라 스펜서 에리리라는 이름의, 남녀 모두에게 인기가 있는 리얼충 여자아이는, 결국 그 왕국으로 돌아오지 않았다.

※　※　※

　……설명이 길기는 했지만, 요약하자면 『집단 따돌림을 당하고 절교했다.』였다. 누구라도 쉽게 이해할 수 있을 만큼 흔한 일이 우리에게도 벌어졌던 것이다.

　그 당시 일을 이제 와서 밝히니 엄청 부끄럽네…….

　"돌아갈 수 있을 리가 없잖아…….."

　"이유가 뭐야?"

　"돌아갔다간, 나는 또 따돌림을 당했을 거야……. 반년이나 걸려서 겨우 만든 새로운 친구들에게 버림받았을 거란 말이야."

3학년 말기에 에리리가 들어간 커뮤니티는 리얼충 느낌이 물씬 풍기는 여자애들로 구성되어 있었다.

초등학생답지 않게 패션 잡지 같은 것을 보면서, 옷이나 화장, 그리고 패션 관련 브랜드에 대한 이야기를 해댔다.

겨우 반년 전까지만 해도 우리가 관심을 가지는 브랜드라면 게임이나 애니메이션 제작 회사였는데 말이다.

"대신 내가 있잖아……?"

"그래 봤자…… 그래 봤자, 언제 또 멀어질지 모르잖아!"

남자애들보다 어른스럽고, 따돌림 자체를 무시하며, 우리의 적도 아군도 아니었던, 아니, 접점 자체가 없던 그 집단 안에서, 오타쿠를 관둔(것처럼 보이던) 에리리는 동경의 대상이 되어 있었다.

에리리는 그녀들이 좋아하는 화제에 대해 잘 몰랐지만, 타고난 용모와 집안 덕분에 그 커뮤니티에 소속된 여자애들에게서 존경 받고 있었다.

"그래서 오타쿠를 관둘 수밖에 없었어……. 그때는 토모야와 말을 섞을 수 없었단 말이야."

"관두긴 뭘 관둬! 어느새 생산형 오타쿠로 진화해버렸으면서!"

"그 대신 열심히 숨겼어! 절대로 들키지 않으려고 필사적으로 숨겼단 말이야!"

"그럼 왜 나를 버린 건데?!"

"너는 숨기려고 하지 않았잖아!"

"뭐…… 라고?"

"오타쿠라는 걸 눈곱만큼도 숨기려고 하지 않았잖아!"

그래서 내 탓이라고 하는 거야?

내가 정공법으로, 오타쿠를 위한 공간을 만들지 않았다면…….

나도, 다른 남자애들과 축구라도 하며 뛰어놀다가, 주말에 에리리와 단둘이 몰래 만나 오타쿠다운 시간을 보냈다면…….

그랬다면 우리는 절교하지 않았을까……?

"너랑 이야기하고 있으면 내가 오타쿠를 관두지 않았다는 걸 들켰을 거야……. 그리고 그 소문이 쫙 퍼져버리면 나는 또 외톨이가 되고 말았을 거라구."

"네가 오타쿠라는 것도 받아주지 못하는 녀석들과 가식적으로 웃어대는 게, 나와 애니메이션 이야기를 하는 것보다 중요했다는 거야?!"

"그게 더 중요하다는 이야기가 아니잖아!"

"아무튼, 빨리 사과해!"

"내가 왜?!"

"네가 잘못했잖아! 내가 왜…… 왜, 이딴 소리를……."

머릿속이 새하얗게 변해버렸다.

7년 동안 쌓여왔던 분노가, 슬픔이, 괴로움이…….

그런 잊어버렸던 감정이 쏟아져 나오는 것을 막을 수가 없었다.

"……토, 토모야?"

"……어라?"

그래서, 흘렸다.

마, 말도 안 돼. 대체 왜—.

—왜 내가 눈물을 흘리는 건데?

"아, 아냐…… 젠장, 으, 으윽……."

나는, 에리리를 설득하러 온 거잖아?

나는, 에리리의 진심을 이끌어내서, 그녀와 허심탄회한 이야기를 나누러 온 거잖아?

그런데 왜 이렇게 감정을 주체하지 못하는 거야.

얼간이 같은 짓을 하고 있는 거냐고…….

"흐, 흐윽…… 에, 리리…… 바, 바보…… 사과해…… 사과 하란, 말이야."

이래서야 어리광쟁이나 다름없잖아.

일방적으로 상대를 비판하며 자기만 옳다고 주장하고 있는 거나 마찬가지라고.

"사과 안 해……. 나, 절대, 무슨 일이 있어도, 사과하지 않을 거야."

그래서 에리리는 내 말도 안 되는 억지 요구를 일언지하에 거절했다.

"에…… 에리리……?"

……하지만.

"토, 토모야도…… 내가, 얼마나 울었는지 모르잖아……!"

"아…….''

내가 먼저 울음을 터뜨려서 안심한 것일까…….

이번에는 자신의 차례라는 듯이, 에리리는 얼굴을 한껏 일그러뜨린 채—.

"토모야와 절교하고, 학교에서 말도 섞지 않게 되고, 서로를 무시할 수밖에 없게 되고!"

—하염없이 울어댔다.

"슬퍼서, 안타까워서, 분해서, 괴로워서, 얼마나 울어댔는지 알아?!"

그러고 보니, 옛날부터 항상 내가 먼저였지.

작품에 빠지는 것도, 시주를 하는 것도, 포교를 하는 것도…….

"그렇게 괴로워해야 했던 내가, 왜, 어째서, 사과해야 하는 건데!"

웃는 것도, 화내는 것도, 다시 일어서는 것도…….

상대를…… 의식하는 것도—.

"그런 무시무시한 천벌을 받은 내가, 왜 내가 이제 와서 더욱 괴로운 일을 겪어야만 하는 거냐구!"

이렇게 제멋대로인 여자애를, 대체 왜…….

잠시 동안, 교정 안은 우리가 훌쩍이는 소리로 가득 찼다.

그렇게 큰 소리로 서로를 향해 고함을 질러댔는데도, 누군가가 다가오는 기척은 느껴지지 않았다.

"네가 사과하지 않겠다면, 나도 사과하지 않겠어."

꼭 그래서는 아니지만…….

코를 크게 훌쩍인 나는 말을 이었다.

"이즈미의 책에 푹 빠진 것도, 우타하 선배의 책에 빠진 것도, 사과하지 않을 거야."

"왜, 어째서…… 내 책에는 빠져주지 않으면서…….."

"그야 네 책은 뻔하단 말이야. 내 기대에 딱 맞아 들어간단 말이야. 내가 보고 싶은 장면에 그대로 그려져 있단 말이야."

"그게 뭐 어째서! 내가…… 그 애보다 못하다는 거야?"

"그래! 못해! 꿀려! 뒤떨어진다고!"

"뭐……?!"

내 입에서 나오는 말은 단순한 억지나 악담 같은 걸로 들릴지도 모른다.

하지만 그 말에는 거짓도, 과장도 섞여 있지 않았다.

"이렇게 된 거, 솔직하게 말해주겠어. 너는 실력이 없어!"

지금까지도 솔직하지 않았던 것은 아니다.

그녀를 서클에 영입하기 위해 아첨한 적은 없다.

"그림도, 이야기도, 상상의 범주를 벗어나지 못해! 반전이 없다고! 그런 작품을 보고 어떻게 가슴이 뛰냐고!"

그저 요구하지 않았을 뿐이다.

내가 진심으로 빠질 만한 책을 그녀가 그려주기를…….

우리가 함께 만드는 게임에서 처음으로 그녀의 실력이 발휘되면 된다고 생각했다.

우리가 만들 작품을 통해, 그녀가 틀을 깨면 된다고 생각했다.

"옛날부터 그랬어! 너는 계속 능숙해지기만 했어! 네 그림을 보고 엄청나다고 느낀 적은 단 한 번도 없다고! 그런 네 작품을 볼 때마다 짜증이 솟구쳤단 말이야!"

에리리를 스카우트한 것은 알고 지내는 일러스트레이터 중에서 그녀가 넘버원이었기 때문이다.

거꾸로 말하자면, 나에게 있어서의 진짜 넘버원은 아니었다는 뜻이다.

……우타하 선배와는, 이즈미와는, 다른 것이다.

"내 마음은…… 내 마음은 알지도 못하면서 멋대로 지껄이지 마!"

예상대로, 에리리는 내 말꼬리를 물고 늘어졌다.

"나도 힘껏 노력하고 있어! 토모야가 보는 데서도, 보지 않는 데서도, 죽을힘을 다해 최선을 다하고 있단 말이야!"

창작의 고통을 모르는, 할 줄 아는 게 하나도 없으면서 게임을 만들려고 하는 아마추어의, 사심으로 가득 찬 말도 안 되는 헛소리를, 그녀는 웃어넘기지 못했다.

　"그렇게까지 했는데도 손이 닿지 않는데, 나보고 뭘 어떻게 하라는 거야?! 나처럼 재능 없는 애는 뭘 어떻게 하면 되냐구!"

　평소처럼 헛소리로 치부하지 못했다.

　"그걸 내가 어떻게 알아! 내가 아는 건 네가 실력이 없다는 것뿐이야!"

　아니, 그렇지 않다.

　이 녀석은 항상 내 말을 헛소리로 치부하지 않았다. 웃어넘기지 않았던 것이다.

　마음속으로 내 평가를, 엄청 신경 썼던 것이다.

　"너한테 재능이 있는지 없는지, 내가 어떻게 알아. 네가 얼마나 노력했는지도 모른다고. 그저, 내가 아는 것은 네가 실력이 없다는 것뿐이야. 엄청나지 않다는 것뿐이라고!"

　"더는 무리야! 죽을힘을 다해 노력했어! 남들 몰래, 필사적으로, 바보한테 앙갚음 해주려고 최선을 다했다구! 그래서 겨우겨우 이 수준에 도달했단 말이야!"

　틀렸어도, 잘못됐다는 걸 알면서도, 잘못됐기 때문에 부정했으면서도.

　"그래. 너는 이 수준까지 왔어. 빠르고, 능숙하며, 안정되기까지 했어……."

하지만 결코 머릿속에서 사라지지는 않는 것이다.

"그렇다면 이번에는 엄청난 녀석이 되라고! 빠르고, 능숙하며, 안정되었을 뿐만 아니라, 엄청나지기까지 하란 말이야!"

"무리야! 여기서부터는 재능의 영역이란 말이야!"

"그딴 건 내 알 바 아니야! 지금보다 더욱 노력하든가, 어느 날 갑자기 재능에 눈뜨든가 하란 말이야!"

"어떻게 해야 지금보다 더 노력할 수 있는데? 어떻게 해야 재능에 눈뜰 수 있냔 말이야!"

"그걸 내가 어떻게 알아! 네가 직접 생각해봐!"

그렇다. 이것이 바로 카시와기 에리가 지닌 가장 큰 문제점이다.

그리고 창작에 있어서의 가장 큰 모티베이션이기도 했다.

말도 안 된다는 것을 알면서도, 무리라고 생각하며 어이없어하면서도…….

"생각하고, 또 생각하고, 싸우고, 또 싸우고, 이기고, 또 이겨서…… 이즈미도, 그 어떤 작가도…… 코사카 아카네조차도 뛰어넘으란 말이야!"

이 녀석은 내가 한 그 어떤 말이라도, 그냥 흘려 넘기지 않는다고.

"그럼, 그럼 말이야……"

"응?"

"너, 내가 그런 작가가 되면…… 내 신자가 되어줄 거야?"

에리리는 아직 물러서지도, 어이없어 하지도 않았다.

"내 책, 사러 와줄 거야?"

"그걸 말이라고 하는 거야?"

그래서 나는 물러서지도, 멈추지도 않았다.

"새벽 첫 전철 타고 와서 가장 먼저 줄 선 후에, 책을 사고, 또 줄 가장 뒤편에 서서, 또 사고, 또 줄 서고를 몇 번이나 반복해줄게! 매진될 때까지 사줄게! 그리고 아는 사람들에게 나눠주면서 마구 포교한 후에…… 마지막에 이렇게 말하는 거야."

"……뭐라고?"

"「나, 실은 카시와기 선생님과 아는 사이야~.」……라고 말이야!"

왜냐하면, 이 녀석은 나에게 있어 유일하게 『팬이 아닌데도 특별한 작가』니까.

"이, 동인 파락호."

"그래, 나 동인 파락호다. 그게 뭐 어때서?"

그런 나의 억지를, 바보 같은 소리를, 에리리는 매도했다.

그리고 매우 긍정적으로, 의역했다.

"되어주겠어……. 누구나 다 엄청나다고 인정해주는 일러스트레이터가 말이야."

열 받은 듯한 미소를 지으면서.

분노 섞인 상쾌한 표정을 지으면서.

"너를 비롯해, 이 세상 모든 사람들이 엄청나다고 인정하는 일러스트레이터가, 되고 말겠다구……."

지금 이 순간, 사와무라 스펜서 에리리는…….

『egoistic-lily』의 카시와기 에리는, 완벽하게 부활했다.

"화해는…… 나중으로 미뤄야겠네."

"그래. 기다리고 있을게……."

우리의 역사적 화해는 분명, 언젠가, 어딘가의 이벤트에서.

내가 "한도 부수만큼 주세요!" 라고 말하면서 1만 엔짜리 지폐를 내밀고.

에리리가 "죄송하지만 잔돈이 없어요." 라고 말하면서 빙긋 웃을 때…….

"기다리고 있으라구, 이 바보야."

응. 그런 꿈만 같은, 그리고 바보 같은 의식이 치러지는 날이 올 것이라고 믿고 있을게.

미안, 선배. 카토…….

결국 나는 두 사람과 한 약속을 지키지 못했어.

에리리와 화해하지 못했어.

하지만, 괜찮다.
희망은 생겼다.
에리리는 부활했다.
그러니 이제부터는, 앞을 바라보며 나아갈 수 있다.
그러니 오늘은, 그것만으로도…….

"그럼 돌아가자, 토모야…… 아니, 세르비스."
"아……."
그렇게 말한 에리리는 교정 한가운데에서 발목을 접질리기라도 한 것처럼 몸을 웅크렸다.
풀려버리고 만 마법을, 다시 한 번 걸어주길, 원했다.

에필로그 1

"아……."

"미안해, 이즈미 양……. 나, 너에게 정말 심한 짓을 하고 말았어."

여름 코믹마켓이 끝난 다음 날.

이즈미와 재회한 날 찾았던, 우리 집 근처에 있는 공원.

"어, 어, 어……『egoistic-lily』? 어어어어어~?!"

내 연락을 받고 한달음에 이곳으로 와준 이즈미는…….

자신을 향해 깊게 고개를 숙이고 있는 금발 소녀의 정체를 듣고는, 벌어진 입을 다물지 못했다.

"마, 말도 안 돼. 사와무라 선배가…… 시마무라 중학교의 마돈나가 카시와기 에리……?"

"……에리리. 너, 중학교 때 그런 부끄러운 별명으로 불렸던 거야?"

내가 이즈미에게 들리지 않도록 작은 목소리로 에리리에

게 묻자, 그녀 또한 낮은 목소리로 투덜대듯 말했다.

"시끄러워. 지금도 그때랑 비슷할 만큼 과장되어 있으니까 안심해."

"아, 맞다. 그랬지."

그리고 보니 지금도 『미술부의 에이스』, 『학교 제일의 미백(美白) 여자』, 『토요가사키의 황금 전설』 같은 칭호가 따라다니고 있었지.

잠깐만. 마지막 그건 칭찬이 아닌 것 같은데?

"증정 받은 책을 돌려주는 건, 그 책의 작가에게 있어 가장 실례되고, 비열한 행위야. ……정말 미안해. 이즈미 양에게 용서받는 건 무리일지도 모르지만 진심으로 반성하고 있어."

아무튼, 에리리는 나와 대화할 때와는 전혀 다른, 그리고 평소의 위장 상류층 아가씨 모드와도 미묘하게 다른 태도를 취한 채 이즈미와 마주 섰다.

그리고 진심으로, 사과하고 있었다.

어젯밤. 초등학교에서 집으로 돌아가던 길.

그때까지 자신의 잘못을 단 하나도 인정하지 않았던 에리리는, 그때 내가 한 지적을 듣고 그대로 풀이 죽었다.

그것은 바로, 이즈미의 부스에서 있었던 일이었다.

방금 전까지만 해도 나와 팽팽하게 대립각을 세우고 있던 에리리는 자신이 어떤 잘못을 했는지 눈치챘는지, 나에게 이즈미와 만나게 해달라고 간곡하게 부탁했다.

……이 고집쟁이 녀석, 나 외의 다른 사람에게는 솔직하게 사과할 수 있는 거냐.

"솔직하게 털어놓자면…… 나는 네 책이 무서웠어."

"무, 무슨 소리를 하는 거예요. 사와무라 선…… 카시와기 선생님!"

"선생님이라고 부르지 마……. 나, 아직 선생님 소리를 들을 정도의 실력이 아냐……. 당신의 책을 읽고 그 사실을 깨달았어."

"예……?"

그 후, 에리리는 솔직하게 자신의 본심을 털어놓았다.

이즈미의 책이 엄청나다고 생각했다.

그리고 자신의 책에는 그런 느낌이 존재하지 않았다.

그래서 이즈미를 질투했고, 공포심을 느꼈다.

그래서 더는 그녀의 책을 보고 싶지 않아서, 돌려주고 만 것이다…….

에리리는 나한테 했던 말과 거의 똑같은 말을, 이즈미에게도 한 것이다.

……뭐, 나에게 했던 말과 똑같기 때문에 솔직하다고 여기는 것은 어찌 보면 거만한 판단일지도 모르지만 말이다.

"이런 말 할 자격이 없을지도 모르지만…… 이제 남아 있지 않을지도 모르지만…… 괜찮다면, 그 책, 다시 한 번 나에게 주지 않겠어?"

"아, 아, 아…… 예! 받아주세요!"

그리고 에리리의 말을 들은 이즈미는…… 딱딱하게 굳어 있었다.

"고마워……. 그럼 내 책과 교환하자."

"여, 영광이에요!"

"인마, 네 책은 성인물이니까 교환하면 안 된다고."

그 후, 에리리와 이즈미는 좋은 분위기 속에서 이야기를 나눴다.

그리고 에리리가 리틀랩을 화제로 삼은 순간, 이즈미도 순식간에 긴장에서 벗어났다.

두 사람은 플레이한 시리즈가 다르기 때문에 등장 캐릭터에 관한 이야기 같은 것은 하지 못했다. 하지만 리틀랩이라는 타이틀의 콘셉트, 그리고 시리즈 전체를 아우르는 통일된 분위기 같은 심도 있는 부분에 대해 이야기를 나눴다.

……그리고 이야기 도중에 이즈미가 또 폭주하기 시작하자, 에리리는 약간 쓴웃음을 지었다.

나는 그런 두 사람의 모습을 지켜보면서 약간의 안도감을 느꼈고, 동시에 감동하고 말았다.

그것도 그럴 것이, 에리리가 어른스러운 모습을 보여주고 있었던 것이다.

어제까지만 해도 에리리는 리틀랩 때문에 완전히 삐쳐 있었다. 하지만 지금은 연장자답게 이즈미를 배려하고 있었다.

이제 이 두 사람의 관계를 걱정할 필요는 없을 것이다.

앞으로는 더욱 높은 고지로 올라가기 위해 경쟁하는 라이벌로서, 소중한 동인 동료로서, 좋은 관계를 쌓아나갈 것이다.

마치 자매처럼 화목해 보이는 두 사람을 바라보며, 나는 문득 그렇게 생각했다.

"아, 맞아……. 슬슬 토모야의 집에 가야 할 시간이네."

"예?"

하지만 그런 화목한 시간에도 끝은 존재했다.

시계를 보니 집합 시간을 10분 정도 남기고 있었다.

"응? 이즈미 양, 왜 그래?"

"토모야 선배의 집에…… 가시는 건가요?"

"응. 서클 멤버들이 모여서 회의를 하기로 했거든."

"아, 아하. 그렇―."

"내일 아침까지는 돌려보내 줬으면 좋겠는데 말이야……."

"예?"

우타하 선배는 몰라도, 시간관념이 정확한 카토는 슬슬 우리 집에 도착할 시간이었다.

그 녀석에게도 우리 집 열쇠를 숨겨놓은 장소를 가르쳐주는 편이 좋을지도 모르겠네.

"왜 그래?"

"……선배네 집에서 자는 거예요?"

"어쩔 수가 없어. 매번 내가 그림을 완성할 때까지 보내주지를 않거든."

"아……."

겨울 코믹마켓 신청 마감도 코앞까지 다가와 있었다.

오늘 안에 신청서를 작성한 후, 철통 태세로 겨울 코믹마켓에 돌입한다.

그것이 오늘 서클 활동의 가장 큰 의제다.

"그럼 이즈미. 우리는 이만 가볼게. ……어제 일은 정말 미안했어."

"아, 아뇨. 토모야 선배가 미안해할 필요—."

"있어."

"예……?"

"토모야는 내 고용주거든. 즉, 내가 벌인 짓에 대한 책임을 져야 하는 입장이야."

"……."

아니, 그 외에도, 매우 중요할 뿐만 아니라 우리에게 있어 소중한 의식을 치러야 한다.

우리 서클의 명칭을 결정—.

"…………토모야. 먼저 가줄래?"

"응? 왜?"

"이즈미 양과 단둘이서 할 이야기가 있어서 그래. 응?"

"그래? 이즈미, 정말이야?"

"…………예."

결국 에리리에게 쫓겨난 나는 먼저 공원에서 빠져나갔다.

작별 인사를 나눌 때, 이즈미는 방금 전까지보다 미묘한 표정으로 나를 바라보고 있었다.

내가 방금 전까지 딴 생각을 하면서 이즈미의 말에 제대로 귀를 기울이지 않은 걸 들킨 걸까……. 좀 미안한 마음이 드네.

※　※　※

"우선 멋대로 이런 자리를 만든 것부터 사과할게."

"아뇨. 저기, 무슨 볼일이라도 남은 건가요……?"

"실은 지금부터 본론에 들어갈 거야."

"예?"

"나…… 실은 옛날부터 당신과 이야기를 나누고 싶었어."

"옛날부터…… 저를 알고 있었어요?"

"응…… 아마, 당신이 나를 알기 전부터 말이야."

"그 말은……."

"그러니까, 드디어 너와 이야기를 나눈 걸 기념해…… 이 걸 받아줬으면 해."

"이, 이게 뭐죠?"

"네 그림을 보고 영감을 얻었어……. 그 영감을 바탕으로 어젯밤에 그린 거야."

"아…… 이, 이렇게 과한 걸 받을 수는 없어요."

"부탁이야. 받아줘……. 이건 당신만을 위해서 그린 거 야."

"사와무라 선배……?"

"그럼 안녕. 하시마, 이즈미 양."

"아, 예……."

"…………………."

"~~어?!"

※　※　※

"아하하…… 정말 기합이 가득 들어간 일러스트인걸. 그 것도 풀 컬러잖아."

"오빠가…… 왜 여기 있는 거야?"

"뭐, 우연인 걸로 해두지. ……그건 그렇고 정말 잔인한 걸. 카시와기 에리가 그린 리틀랩 컬러 색지라면, 옥션에 내 놓으면 수십만 엔 이상의 가격이 붙을 거야."

"저 사람, 대체 무슨 생각인 걸까?"

"호의적으로 생각하자면 리틀랩 팬인 이즈미에게 특별한 선물을 준 거라고 봐야겠지."

"그럼 다른 쪽으로 생각한다면?"

"작가로서의 실력 차이를 보여주기 위해서일 거야."

"……."

"흐음, 세르비스와 주인공의 커플링이잖아……. 완성도가 장난 아닌걸."

"어떤 의도로 봐야 할까……?"

"글쎄?"

"……."

"카시와기 에리가 너한테 싸움을 건 게 그렇게 충격인 거야? 약소 동인 서클 작가에게 있어서는 분에 넘치는 영광이라고 생각하는데 말이야."

"사와무라 선배…… 아니, 저 사람, 완전 애 같았어."

"뭐, 크리에이터 중에는 애 같은 사람이 많지."

"왠지 화가 치밀어……. 초등학생에게 바보 취급당한 것 같은 기분이야."

"흐음, 시마무라 중학교의 마돈나가 초등학생 같다, 라……."

"나…… 저 사람에게 지고 싶지 않아."

"지금의 네 실력으로는 토끼가 호랑이에게 덤비는 거나

마찬가지일 텐데?"

"그건 나도 알아……."

"게다가 상대는 너를 잡아먹을 생각이야. 승산은 눈을 씻고 찾아봐도 없어."

"그것도 알아!"

"……흐음."

"그래도…… 얌전히 잡아먹히고 싶지는 않아. 왠지 분하단 말이야!"

"왜 그렇게 열 받은 거야? 왜 그렇게 그녀에게 대항하고 싶어 하는 거지?"

"모르겠어…… 모르겠지만……!"

"……품, 아하, 아하하하하."

"왜 웃는 거야?!"

"그게 말이야…… 이즈미."

"왜?"

"네 눈앞에는 두 개의 길이 존재해."

"오빠?"

"하나는 지금까지처럼 취미 삼아 동인 활동을 하면서 개인 서클을 운영해나가는 길. 다른 하나는…… 최강의 프로듀서와 함께 정상으로 이어지는 최단 루트를 뛰어올라가는 길."

"그, 그게 무슨 소리야……?"

"자아, 선택해……. 이즈미."

"……자, 다 됐어! 서클컷 완성!"

"드, 드디어 완성했구나, 에리리! 빨리 보여줘!"

"흐음, 당신이 그린 것치고는 꽤 괜찮은 느낌이네. 사와무라 양."

"글쟁이인 당신이 내 그림을 보고 그렇게 거만한 코멘트를 해주다니, 정말 영광이야. 카스미 선생님. 당신과 함께 일하는 일러스트레이터도 분명 무덤 속에서 기뻐하고 있을 거야."

"솔직하게 칭찬해줬을 뿐인데 이렇게 날 선 반응을 보일 줄은 몰랐어. ……이래서 질투에 눈 먼 피해망상 사이코 소꿉친구는 성가시다니깐. 윤리 군도 그렇게 생각하지?"

"나한테 그런 무시무시한 코멘트에 대한 동의를 구하지 말라고요!"

"어, 어라…… 잠깐만! 이 여자애, 옷을 안 입었잖아!"

"걱정하지 마, 카토 양. 서클컷에서는 이 정도 노출쯤은 허용돼."

"문제는 그게 아니라…… 사와무라 양. 이건 내가 모델 했을 때 그린 그림 맞지?"

"맞아. 실은 좀 더 과격한 포즈였으면 했지만, 모델이 격렬하게 저항하는 바람에 결국 수위가 낮아지고 말았어……."

"그건 큰 문제네. 벗으라고 하면 벗고, 신음하라고 하면 신음할 수 있어야 진짜 프로라고 할 수 있지 않을까? 카토 양."

"……아키 군, 그런 거야?"

"이건 동인 게임이라고!"

■후기 —시원찮은 소재를 고갈시키는 법—

안녕하십니까, 마루토입니다.

후기의 서브타이틀을 보면 아시겠지만, 이번 편으로 이 코너를 끝낼까 합니다. 지금까지 애독해주셔서 감사합니다.

그럼 다음 권부터는 서브타이틀이 붙지 않는 평범한『후기』로서 재출발하겠습니다. 앞으로도 잘 부탁드립니다.

이『시원찮은 그녀를 위한 육성방법』시리즈도 어느새 3권까지 나오고 말았습니다.

감사하게도 본편 쪽은 타이틀을 변경하지 않고 계속 이어나갈 수 있을 듯합니다. 독자 여러분과 후지미 문고 관계자 여러분께 진심으로 감사드립니다.

이것으로 다음 목표는『사랑에 빠진 메트로놈』처럼 5권까지 간행되는 겁니다. 하지만 누계 50만 부는 꽤 허들이 높군요. 카스미 우타코 선생님을 질투하게 될 것 같습니다.

자, 이번에는 이 작품에 있어 피해갈 수 없는 무대인 코믹마켓을 다뤘습니다.

저와 코믹마켓의 관계는 깊지도, 얕지도 않은 정도입니

다. 일반 참가는 15년 전부터, 서클 참가는 10년 전부터 해 왔던가요.

모 web 백과사전의 제 항목(현시점)에는 2006년에 처음으로 동인지를 제작했다고 적혀 있습니다만, 실은 그것보다 5년 전, 즉 상업 데뷔를 하기도 전에 에로 게임 비평서를 만들어 코믹마켓에 참가한 적이 있습니다.

물론 당시의 저는 무명이었고, 장르도 마이너 했기 때문에 제 서클은 『100권 찍어서 50권도 팔리지 않는』, 이번 권에 등장한 하시마 이즈미의 서클과 비슷한 규모였습니다. 하지만 그 덕분에 코믹마켓에 더욱 빠지게 되었습니다.

게다가 이벤트가 끝나고 며칠 후, 제 책에 대한 감상이 적힌 편지가 왔었죠.

편지지 두 장 분량의 그 수필 편지에는 제 책에 대한 칭찬이 열의에 찬 문장으로 적혀 있었습니다. ……아마 그 편지를 읽은 저는 4장의 이즈미 같은 표정을 짓고 있었겠죠.

이번 원고를 읽은 미사키 씨도 "중소 서클부터 시작한 사람이라면 충분히 공감할 거다."라고 말씀해주셨고(그게 서브타이틀에도 반영되었죠), 회의 때도 4장 일러스트 구도에 관한 이야기만 잔뜩 해댔습니다. ……뭐, 이번 권의 클라이맥스는 6장이지만요.

그런고로, 이번에는 지금까지와 달리 오타쿠 업계의 빛에 스포트라이트를 맞춰봤습니다. 저라고 해서 매번 업계 뒷담

화에 가까운 이야기로 페이지를 채우진 않는다고요. 저 같은 아저씨에게도 꿈과 희망은 있단 말입니다요…….

그럼 마지막으로 도움을 주신 분들에게 감사 인사를 드릴까 합니다.

미사키 씨. 요즘 설정 면에서도 많은 도움을 받고 있습니다. 이 말을 하고 있는 지금 이 순간에도 미사키 씨께 일임했던 카토의 복장 디자인을 기다리고 있습니다……. 그리고 이즈미의 헤어스타일은 어떻게 할까요(정답은 발매 후 확인해주세요!).

하기와라 씨. 매번 절묘한 일처리를 해주셔서 정말 감사합니다. 이번에도 여러모로 간당간당했습니다만, 다른 쪽 일들의 마감 일정은 비참하다는 말로도 부족할 지경에 처해 있으니 안심해주십시오.

그리고 독자 여러분. 『시원찮은 그녀를 위한 육성방법』 3권을 읽어주셔서 감사합니다. 앞으로도 여러분과 함께 즐겁게 이 일을 해나가고 싶습니다. 잘 부탁드립니다.

그럼 4권에서 뵙겠습니다.

2013년, 봄
마루토 후미아키

■역자 후기

안녕하십니까. 근로청년 번역가 이승원입니다.

『시원찮은 그녀를 위한 육성방법』 3권을 구매해주셔서 진심으로 감사드립니다.

『시원찮은 그녀』 역자의 멋대로 미소녀 게임 토크 제3탄!

요즘은 악우들과 모여 술을 마실 때마다 이 코너에서 다룰 게임에 대한 이야기를 합니다.

다들 어렸을 적부터 한 게임(^^) 하던 녀석들이라 그런지 정말 별의별 의견이 나오더군요.

미소녀 게임 3대 마약은 기본이고, 인생이라 불리는 미소녀 게임 클라으드, 그리고 이 클라나드를 만든 KOY사에서 만든 명작인 에오, 카오, 그리고 눈요기(^^)를 위해 여성 캐릭터는 무조건 살려야 했던 드래곤나o트도 튀어나오더군요.

그중에서도 제가 태어나서 처음으로 해본 미소녀 게임인 동o생1이 엄청 끌렸습니다만…… 이 이야기를 제대로 했다간 표지에 빨간 딱지가 붙을 것 같더군요. 결국 피눈물을 삼키면서 다른 게임을 찾기로 했습니다.

삐야님의 프레셔를 느끼면서도 고민하고 또 고민한 끝에 제가 선택한 작품은 바로…… 『To Heart2』!

『To Heart2』는 저에게 상당한 의미가 있는 작품입니다. 제가 정말 좋아하는 작품인 월0, 페이트 스테이나이트가 제 일본어 공부를 도와준 작품이라면, 이 『To Heart2』는 제가 일본어 통역 가이드 자격증을 딴 후, 즉 일본어로 된 게임을 막힘없이 즐길 수 있게 된 후에 처음으로 해본 미소녀 게임이거든요.^^

솔직하게 말하자면 저는 『To Heart2』에 대해 약간의 편견이 있었습니다.

지인이 엄청 추천하면서 빌려줬기에 시작하기는 했습니다만 전작을 안 해본 상태에서 충분히 즐길 수 있을까 걱정이 된 거죠.

그리고 당시의 저는 제3차 슈로대 알파를 무지막지하게 기다리고 있었던지라, 그 녀석이 발매될 때까지 시간 때우기 삼아 플레이할 생각이었습니다.

……그런데 정신 차리고 보니, 제3차 슈로대 알파는 구매만 해놓고 포장은 뜯지도 않았고, 친구에게 빌린 『To Heart2』는 전 히로인 및 올 클리어를 달성했더군요,

AHAHA.

컴퓨터용, 혹은 PS1용 저사양 미소녀 게임만 하던 저에게 PS2로 발매된 『To Heart2』는 그야말로 충격 그 자체였습니다.

깔끔한 그래픽, 선명한 BGM, 아름다운 CG, 그리고 풀 보이스!

당시의 저에게 있어서는 그야말로 충격 그 자체였습니다. 덕분에 다시 미소녀 게임의 세계로 되돌아오게 되어버렸죠 (털썩).

스토리 또한 매력적이었습니다. 압도적인 스토리는 존재하지 않았지만, 캐릭터들의 매력을 잘 살린 전개와 줄거리, 그리고 깔끔한 마무리는 인상적이었죠.

하지만 이 작품에서 가장 높게 치는 건 바로 타·마·누·님이 나오신다는 거죠! 발매된 후로 10년이 지났는데도 아직도 피규어가 나오고 있는 타마 누님! 요즘 들어서는 풍요와 다산의 상징이라는 말까지 듣고 계시더군요.ㅠㅜ 정말 매력적인 캐릭터였습니다.

……그러고 보니 제 취향이 누님으로 확정된 것은 거의 이 게임을 할 때였군요. 아마 이 작품에 나온 대표 연하 캐릭터와 대표 연상 캐릭터의 매력 차이가 저를 누님 연방으로 가게 만든 듯합니다.^^

1년 후에 나온 PC판은 각 히로인과의 XX 장면을 억지로 집어넣은 느낌이 너무 강해서 실망했지만, 추가 히로인인 사사라 누님은 정말 좋았죠. 역시 『To Heart2』는 누님 연방을 위한 게임입니다(위험 발언).

　그럼 이만 줄이겠습니다.

　이 작품을 저에게 맡겨주신 삐야 님과 L노벨 편집부 여러분. 정말 감사합니다. 4권도 열심히 작업하겠습니다.

　술 푸면서 미소녀 게임 토킹 어바웃 잔뜩 한 후, 치우지도 않고 가버린 지인들이여. 주머니 안에 든 라이트노벨들은 꺼내놓고 가아아아앗!

　마지막으로 언제나 제게 버팀목이 되어주시는 어머니와 『시원찮은 그녀를 위한 육성방법』을 읽어주신 모든 분들에게 진심으로 감사드립니다.

　카토 양을 표지에 싣지 않기 위해(?) 또 신 캐릭터를 투입하는 4권 역자 후기에서 다시 뵙겠습니다!

2014년 11월 초
역자 이승원 올림

시원찮은 그녀를 위한 육성방법 3

1판 1쇄 발행 2014년 12월 10일
1판 8쇄 발행 2018년 3월 21일

지은이_ Fumiaki Maruto
일러스트_ Kurehito Misaki
옮긴이_ 이승원

발행인_ 신현호
편집국장_ 김은주
편집진행_ 최은진 · 김기준 · 김승신 · 원현선 · 김솔함 · 권세라
편집디자인_ 양우연
국제업무_ 정아라 · 고금비
관리 · 영업_ 김민원 · 이주형 · 조인희

펴낸곳_ (주)디앤씨미디어
등록_ 2002년 4월 25일 제20-260호
주소_ 서울시 구로구 디지털로 26길 111 JnK디지털타워 503호
전화_ 02-333-2513(대표)
팩시밀리_ 02-333-2514
이메일_ lnovelpiya@naver.com
L노벨 공식 카페_ http://cafe.naver.com/lnovel11

원제 Saenai heroine no sodate-kata. Vol.3
© Fumiaki Maruto, Kurehito Misaki 2013
Edited by FUJIMISHOBO
First published in Japan in 2013 by KADOKAWA CORPORATION, Tokyo.
Korean translation rights arranged with KADOKAWA CORPORATION, Tokyo.

ISBN 978-89-267-9824-9 04830
ISBN 978-89-267-9771-6 (세트)

값 6,800원

Copyright © 2013 Manta Aisora
Illustrations copyright © 2013 Hagane Tsurugi
SB Creative Corp.

발키리 웍스 1권

아이소라 만타 지음 | 츠루기 하가네 일러스트 | 이경인 옮김

"그럼— 키스, 할까요?"
"갑자기 그건가요?!"
펠스즈는 경악에 휩싸여서 눈을 휘둥그레 떴다.
"펠코 양 혼자서 저 커다란 녀석한테 이길 수 있나요?"
"그건, 저기…… 이, 이길 수 있고말고요!" "정말로?" "……아마도."
"정말로?!" "…….."
리키가 흘러들어온 곳은 색채를 잃은 세계.
그곳에서 홀로 색채를 두른 소녀가 있었다.

그녀의 이름은 펠스즈— 「전쟁의 처녀」라고 한다.
그녀와의 만남으로 리키의 평온한 일상은 붕괴하고,
그는 알려지지 않은 이 세상의 진실을 접하게 된다.
—그리고.
첫, 합체.

안쓰러운 발키리와 소년이 펼치는 액션×러브 코미디 개막!

라이트노벨의 새로운 빛! L노벨의 신간은 매월 10일에 발매됩니다. www.lnovel.co.kr